Goethe | 50 Gedichte

Johann Wolfgang Goethe
50 Gedichte

Herausgegeben von Holger Bäuerle

Reclam

RECLAMS UNIVERSAL-BIBLIOTHEK Nr. 14369
2023 Philipp Reclam jun. Verlag GmbH,
Siemensstraße 32, 71254 Ditzingen
Gestaltung: Cornelia Feyll, Friedrich Forssman
Druck und Bindung: EsserDruck Solutions GmbH,
Untere Sonnenstraße 5, 84030 Ergolding
Printed in Germany 2023
RECLAM, UNIVERSAL-BIBLIOTHEK und
RECLAMS UNIVERSAL-BIBLIOTHEK sind eingetragene Marken
der Philipp Reclam jun. GmbH & Co. KG, Stuttgart
ISBN 978-3-15-014369-8

Auch als E-Book erhältlich

www.reclam.de

Inhalt

Lied, das ein selbst gemaltes Band begleitete [1.]

Kleine Blumen, kleine Blätter
Streuen mir mit leichter Hand
Gute junge Frühlingsgötter
Tändlend auf ein lüftig Band.

Zephir nimm's auf deine Flügel,
Schling's um meiner Liebe Kleid!
Und sie eilet vor den Spiegel
All in ihrer Munterkeit.

Sieht mit Rosen sich umgeben
Sie, wie eine Rose jung.
Einen Kuss! geliebtes Leben,
Und ich bin belohnt genung.

Fühle was dies Herz empfindet,
Reiche frei mir deine Hand.
Und das Band, das uns verbindet,
Sei kein schwaches Rosenband.

Mir schlug das Herz; geschwind zu Pferde, [2.]
Und fort, wild, wie ein Held zur Schlacht!
Der Abend wiegte schon die Erde,
Und an den Bergen hing die Nacht;
Schon stund im Nebelkleid die Eiche,
Ein aufgetürmter Riese, da,
Wo Finsternis aus dem Gesträuche
Mit hundert schwarzen Augen sah.

Der Mond von seinem Wolkenhügel,
Schien kläglich aus dem Duft hervor;
Die Winde schwangen leise Flügel,
Umsausten schauerlich mein Ohr;
Die Nacht schuf tausend Ungeheuer –
Doch tausendfacher war mein Mut;
Mein Geist war ein verzehrend Feuer,
Mein ganzes Herz zerfloss in Glut.

Ich sah dich, und die milde Freude
Floss aus dem süßen Blick auf mich.
Ganz war mein Herz an deiner Seite,
Und jeder Atemzug für dich.
Ein rosenfarbes Frühlings Wetter
Lag auf dem lieblichen Gesicht,
Und Zärtlichkeit für mich, ihr Götter!
Ich hofft' es, ich verdient' es nicht.

Der Abschied, wie bedrängt, wie trübe!
Aus deinen Blicken sprach dein Herz. >

In deinen Küssen, welche Liebe,
O welche Wonne, welcher Schmerz!
Du gingst, ich stund, und sah zur Erden,
Und sah dir nach mit nassem Blick;
Und doch, welch Glück! geliebt zu werden,
Und lieben, Götter, welch ein Glück!

Maifest

[3.]

Wie herrlich leuchtet
Mir die Natur!
Wie glänzt die Sonne!
Wie lacht die Flur!

Es dringen Blüten
Aus jedem Zweig,
Und tausend Stimmen
Aus dem Gesträuch,

Und Freud und Wonne
Aus jeder Brust.
O Erd o Sonne
O Glück o Lust!

O Lieb' o Liebe,
So golden schön,
Wie Morgenwolken
Auf jenen Höhn;

Du segnest herrlich
Das frische Feld,
Im Blütendampfe
Die volle Welt.

O Mädchen Mädchen,
Wie lieb ich dich!
Wie blinkt dein Auge!
Wie liebst du mich!

So liebt die Lerche
Gesang und Luft,
Und Morgenblumen
Den Himmels Duft,

Wie ich dich liebe
Mit warmen Blut,
Die du mir Jugend
Und Freud und Mut

Zu neuen Liedern,
Und Tänzen gibst!
Sei ewig glücklich
Wie du mich liebst!

Heidenröslein [4.]

Sah ein Knab ein Röslein stehn,
Röslein auf der Heiden,
War so jung und morgenschön,
Lief er schnell es nah zu sehn,
Sah's mit vielen Freuden.
Röslein, Röslein, Röslein rot,
Röslein auf der Heiden.

Knabe sprach: ich breche dich,
Röslein auf der Heiden!
Röslein sprach: ich steche dich,
Dass du ewig denkst an mich,
Und ich will's nicht leiden.
Röslein, Röslein, Röslein rot,
Röslein auf der Heiden.

Und der wilde Knabe brach
's Röslein auf der Heiden;
Röslein wehrte sich und stach,
Half ihr doch kein Weh und Ach,
Musste es eben leiden.
Röslein, Röslein, Röslein rot,
Röslein auf der Heiden.

Ein grauer trüber Morgen [5.]
Bedeckt mein Liebes Feld,
Im Nebel tief verborgen,
Liegt um mich her die Welt
o liebliche Friedrike,
Dürft ich nach Dir zurück
In einem Deiner Blicke
Liegt Sonnenschein und Glück

Der Baum in dessen Rinde
Mein Nam bei Deinem steht,
Wird bleich vom rauen Winde
Der jede Lust verweht
Der Wiesen grüner Schimmer
Wird trüb wie mein Gesicht
Sie sehen die Sonne nimmer
Und ich Friedriken nicht,

Bald geh ich in die Reben
Und herbste Trauben ein
umher ist alles Leben
Es strudelt neuer Wein,
Doch in der öden Laube
ach, denk ich wär Sie hier,
ich brächt ihr diese Traube,
Und Sie – was gäb Sie mir

Wandrers Sturmlied [6.]

Wen du nicht verlässest Genius
Nicht der Regen nicht der Sturm
Haucht ihm Schauer übers Herz.
Wen du nicht verlässest Genius
Wird der Regenwolk
Wird dem Schloßensturm
Entgegen singen
Wie die Lerche
Du dadroben

Den du nicht verlässest Genius
Wirst ihn heben übern Schlammpfad
Mit den Feuerflügeln.
Wandeln wird er
Wie mit Blumenfüßen
Über Deukalions Flutschlamm
Python tötend, leicht, groß
Pythius Apollo.

Dem du nicht verlässest Genius
Wirst die wollnen Flügel unterspreiten
Wenn er auf dem Felsen schläft
Wirst mit Hüterfittigen ihn decken
In des Haines Mitternacht.

Wen du nicht verlässest Genius
Wirst im Schneegestöber
Wärmumhüllen

>

Nach der Wärme ziehn sich Musen
Nach der Wärme Charitinnen.

Umschwebt mich ihr Musen!
Ihr Charitinnen!
Das ist Wasser, das ist Erde
Und der Sohn des Wassers und der Erde
Über den ich wandle
Göttergleich.

Ihr seid rein wie das Herz der Wasser
Ihr seid rein wie das Mark der Erde
Ihr umschwebt mich und ich schwebe
Über Wasser über Erde
Göttergleich.

—

Soll der zurückkehren,
Der kleine schwarze feurige Bauer
Soll der zurückkehren, erwartend
Nur deine Gaben Vater Bromius
Und hellleuchtend umwärmend Feuer,
Der kehren mutig.
Und ich den ihr begleitet
Musen und Charitinnen all
Den alles erwartet was ihr
Musen und Charitinnen
Umkränzende Seligkeit
Rings ums Leben verherrlicht habt,
Soll mutlos kehren?

Vater Bromius
Du bist Genius
Jahrhunderts Genius
Bist, was innre Glut
Pindarn war,
Was der Welt
Phöb Apoll ist.

Weh! Weh! innre Wärme
Seelen Wärme
Mittelpunkt!
Glüh entgegen
Phöb Apollen.
Kalt wird sonst
Sein Fürstenblick
Über dich vorübergleiten,
Neidgetroffen
Auf der Zeder Kraft verweilen
Die zu grünen
Sein nicht harrt

—

Warum nennt mein Lied dich zuletzt
Dich von dem es begann,
Dich in dem es endet
Dich aus dem es quillt
Jupiter Pluvius!
Dich! dich strömt mein Lied,
Und Kastalischer Quell
Rinnt ein Nebenbach
>

Rinnet müßigen
Sterblich glücklichen
Abseits von dir
Der du mich fassend deckst
Jupiter Pluvius.

Nicht am Ulmenbaum
Hast du ihn besucht,
Mit dem Taubenpaar
In dem zärtlichen Arm
Mit der freundlichen Ros umkränzt
Tändlenden ihn blumenglücklichen
Anakreon,
Sturmatmende Gottheit.

Nicht im Pappelwald
An des Sibaris Strand
An des Gebürges
Sonnebeglänzter Stirn nicht
Fasstest du ihn.
Den Bienensingenden
Honig lallenden
Freundlich winkenden
Theokrit.

Wenn die Räder rasselten
Rad an Rad, rasch ums Ziel weg
Hoch flog
Siegdurchglühter
Jünglinge Peitschenknall
Und sich Staub wälzt' >

Wie vom Gebürg herab
Kieselwetter ins Tal,
Glühte deine Seel Gefahren Pindar
Mut – glühte –
Armes Herz
Dort auf dem Hügel
Himmlische Macht
Nur so viel Glut
Dort meine Hütte
Dorthin zu waten.

Prometheus [7.]

Bedecke deinen Himmel Zeus
Mit Wolkendunst!
Und übe knabengleich
Der Disteln köpft
An Eichen dich und Bergeshöhn!
Musst mir meine Erde
Doch lassen stehn,
Und meine Hütte
Die du nicht gebaut,
Und meinen Herd
Um dessen Glut
Du mich beneidest.

Ich kenne nichts ärmers
Unter der Sonn als euch Götter.
Ihr nähret kümmerlich
Von Opfersteuern
Und Gebetshauch
Eure Majestät;
Und darbtet, wären
Nicht Kinder und Bettler
Hoffnungsvolle Toren.

Da ich ein Kind war,
Nicht wusst wo aus wo ein,
Kehrt' mein verirrtes Aug
Zur Sonne, als wenn drüber wär
Ein Ohr zu hören meine Klage >

Ein Herz wie meins
Sich des Bedrängten zu erbarmen.

Wer half mir wider
Der Titanen Übermut
Wer rettete vom Tode mich
Von Sklaverei?
Hast du's nicht alles selbst vollendet
Heilig glühend Herz
Und glühtest jung und gut
Betrogen, Rettungsdank
Dem Schlafenden da droben

Ich dich ehren? Wofür?
Hast du die Schmerzen gelindert
Je des Beladenen
Hast du die Tränen gestillet
Je des Geängsteten?
Hat nicht mich zum Manne geschmiedet
Die allmächtige Zeit
Und das ewige Schicksal
Meine Herrn und deine.

Wähntest du etwa
Ich sollt das Leben hassen,
In Wüsten fliehn,
Weil nicht alle Knabenmorgen
Blütenträume reiften?

Hier sitz ich, forme Menschen
Nach meinem Bilde >

Ein Geschlecht das mir gleich sei
Zu leiden, weinen
Genießen und zu freuen sich
Und dein nicht zu achten
Wie ich.

Ganymed [8.]

Wie im Morgenrot
Du rings mich anglühst
Frühling Geliebter!
Mit tausendfacher Liebeswonne
Sich an mein Herz drängt
Deiner ewigen Wärme
Heilig Gefühl
Unendliche Schöne!

Dass ich dich fassen möcht
In diesen Arm!

Ach an deinem Busen
Lieg ich, schmachte,
Und deine Blumen dein Gras
Drängen sich an mein Herz.
Du kühlst den brennenden
Durst meines Busens
Lieblicher Morgenwind!
Ruft drein die Nachtigall
Liebend nach mir aus dem Nebeltal.

Ich komme! Ich komme!
Wohin? Ach wohin?

Hinauf hinauf strebt's!
Es schweben die Wolken
Abwärts die Wolken,
Neigen sich der sehnenden Liebe. >

Mir! Mir
In eurem Schoße
Aufwärts!
Umfangend umfangen!
Aufwärts
An deinem Busen
Alliebender Vater!

An Schwager Kronos [9.]

in der Postchaise d. 10 Oktbr 1774

Spute dich Kronos
Fort den rasselnden Trott!
Bergab gleitet der Weg
Ekles Schwindeln zögert
Mir vor die Stirne dein Haudern
Frisch, den holpernden
Stock, Wurzeln, Steine den Trott
Rasch ins Leben hinein.

Nun, schon wieder?
Den eratmenden Schritt
Mühsam Berg hinauf.
Auf denn! nicht träge denn!
Strebend und hoffend an.

Weit hoch herrlich der Blick
Rings ins Leben hinein
Vom Gebürg zum Gebürg
Über der ewige Geist
Ewigen Lebens ahndevoll.

Seitwärts des Überdachs Schatten
Zieht dich an
Und der Frischung verheißende Blick
Auf der Schwelle des Mädgens da.
Labe dich – mir auch Mädgen >

Diesen schäumenden Trunk
Und den freundlichen Gesundheitsblick.

Ab dann frischer hinab
Sieh die Sonne sinkt!
Eh sie sinkt, eh mich fasst
Greisen im Moore Nebelduft,
Entzahnte Kiefer schnattern
Und das schlockernde Gebein.

Trunknen vom letzten Strahl
Reiß mich, ein Feuermeer
Mir im schäumenden Aug,
Mich geblendeten, taumelnden,
In der Hölle nachtliches Tor

Töne Schwager dein Horn
Rassle den schallenden Trab
Dass der Orkus vernehme: ein Fürst kommt,
Drunten von ihren Sitzen
Sich die Gewaltigen lüften

Neue Liebe, neues Leben [10.]

Herz, mein Herz, was soll das geben,
Was bedränget dich so sehr?
Welch ein fremdes neues Leben!
Ich erkenne dich nicht mehr.
Weg ist alles, was du liebtest,
Weg, worum du dich betrübtest,
Weg dein Fleiß und deine Ruh;
Ach! wie kamst du mir dazu?

Fesselt dich die Jugendblüte?
Diese liebliche Gestalt,
Dieser Blick voll Treu und Güte,
Mit unendlicher Gewalt?
Will ich rasch mich ihr entziehen,
Mich ermannen, ihr entfliehen;
Führet mich im Augenblick
Ach! mein Weg zu ihr zurück.

Und an diesem Zauberfädchen,
Das sich nicht zerreißen lässt,
Hält das liebe lose Mädchen
Mich so wider Willen fest;
Muss in ihrem Zauberkreise
Leben nun auf ihre Weise.
Die Verwandlung, ach! wie groß!
Liebe! Liebe lass mich los!

Auf dem See [11.]

Und frische Nahrung, neues Blut
Saug ich aus freier Welt;
Wie ist Natur so hold und gut,
Die mich am Busen hält!
Die Welle wieget unsern Kahn
Im Rudertakt hinauf,
Und Berge, wolkig himmelan,
Begegnen unserm Lauf.

Aug, mein Aug, was sinkst du nieder?
Goldne Träume kommt ihr wieder?
Weg, du Traum! so Gold du bist;
Hier auch Lieb und Leben ist.

Auf der Welle blinken
Tausend schwebende Sterne,
Weiche Nebel trinken
Rings die türmende Ferne;
Morgenwind umflügelt
Die beschattete Bucht,
Und im See bespiegelt
Sich die reifende Frucht.

Wandrers Nachtlied [12.]

Der du von dem Himmel bist,
Alles Leid und Schmerzen stillest,
Den, der doppelt elend ist,
Doppelt mit Erquickung füllest,
Ach! ich bin des Treibens müde!
Was soll all der Schmerz und Lust?
Süßer Friede!
Komm, ach komm in meine Brust!

Ein gleiches [13.]

Über allen Gipfeln
Ist Ruh,
In allen Wipfeln
Spürest du
Kaum einen Hauch;
Die Vögelein schweigen im Walde.
Warte nur! Balde
Ruhest du auch.

An den Mond

[14.]

Füllest wieder Busch und Tal
Still mit Nebelglanz,
Lösest endlich auch einmal
Meine Seele ganz;

Breitest über mein Gefild
Lindernd deinen Blick,
Wie des Freundes Auge, mild
Über mein Geschick.

Jeden Nachklang fühlt mein Herz
Froh und trüber Zeit,
Wandle zwischen Freud' und Schmerz
In der Einsamkeit.

Fließe, fließe, lieber Fluss,
Nimmer werd ich froh,
So verrauschte Scherz und Kuss,
Und die Treue so.

Ich besaß es doch einmal,
Was so köstlich ist!
Dass man doch zu seiner Qual
Nimmer es vergisst!

Rausche, Fluss, das Tal entlang,
Ohne Rast und Ruh,
Rausche, flüstre meinem Sang
Melodien zu!

Wenn du in der Winternacht
Wütend überschwillst,
Oder um die Frühlingspracht
Junger Knospen quillst.

Selig wer sich vor der Welt
Ohne Hass verschließt,
Einen Freund am Busen hält,
Und mit dem genießt,

Was von Menschen nicht gewusst,
Oder nicht bedacht,
Durch das Labyrinth der Brust
Wandelt in der Nacht.

Warum gabst du uns die tiefen Blicke [15.]
Unsre Zukunft ahndungsvoll zu schaun
Unsrer Liebe, unserm Erdenglücke
Wähnend selig nimmer hinzutraun?
Warum gabst uns Schicksal die Gefühle
Uns einander in das Herz zu sehn,
Um durch all die seltenen Gewühle
Unser wahr Verhältnis auszuspähn.

Ach so viele tausend Menschen kennen
Dumpf sich treibend kaum ihr eigen Herz,
Schweben zwecklos hin und her und rennen
Hoffnungslos in unversehnem Schmerz,
Jauchzen wieder wenn der schnellen Freuden
Unerwarte Morgenröte tagt.
Nur uns Armen liebevollen beiden
Ist das wechselseitge Glück versagt
Uns zu lieben ohn uns zu verstehen,
In dem Andern sehn was er nie war
Immer frisch auf Traumglück auszugehen
Und zu schwanken auch in Traumgefahr.

Glücklich den ein leerer Traum beschäftigt!
Glücklich dem die Ahndung eitel wär!
Jede Gegenwart und jeder Blick bekräftigt
Traum und Ahndung leider uns noch mehr.
Sag was will das Schicksal uns bereiten?
Sag wie band es uns so rein genau? >

Ach du warst in abgelebten Zeiten
Meine Schwester oder meine Frau.

Kanntest jeden Zug in meinem Wesen,
Spähtest wie die reinste Nerve klingt,
Konntest mich mit Einem Blicke lesen
Den so schwer ein sterblich Aug durchdringt.
Tropftest Mäßigung dem heißen Blute,
Richtetest den wilden irren Lauf,
Und in deinen Engels Armen ruhte
Die zerstörte Brust sich wieder auf,
Hieltest zauberleicht ihn angebunden
Und vergaukeltest ihm manchen Tag.
Welche Seligkeit glich jenen Wonnestunden,
Da er dankbar dir zu Füßen lag.
Fühlt' sein Herz an deinem Herzen schwellen,
Fühlte sich in deinem Auge gut,
Alle seine Sinnen sich erhellen
Und beruhigen sein brausend Blut.

Und von allem dem schwebt ein Erinnern
Nur noch um das ungewisse Herz
Fühlt die alte Wahrheit ewig gleich im Innern,
Und der neue Zustand wird ihm Schmerz.
Und wir scheinen uns nur halb beseelet
Dämmernd ist um uns der hellste Tag.
Glücklich dass das Schicksal das uns quälet
Uns doch nicht verändern mag.

Rastlose Liebe

[16.]

Dem Schnee, dem Regen,
Dem Wind entgegen,
Im Dampf der Klüfte,
Durch Nebeldüfte,
Immer zu! Immer zu!
Ohne Rast und Ruh!

Lieber durch Leiden
Möcht ich mich schlagen,
Als so viel Freuden
Des Lebens ertragen.
Alle das Neigen
Von Herzen zu Herzen,
Ach! wie so eigen
Schaffet das Schmerzen!

Wie soll ich fliehen?
Wälderwärts ziehen?
Alles vergebens!
Krone des Lebens,
Glück ohne Ruh,
Liebe, bist du!

Alles gaben Götter die unendlichen [17.]
Ihren Lieblingen ganz
Alle Freuden die unendlichen
Alle Schmerzen die unendlichen ganz.

Vor Gericht

[18.]

Von wem ich's habe das sag ich euch nicht
Das Kind in meinem Leib,
Pfui speit ihr aus die Hure da!
Bin doch ein ehrlich Weib.

Mit wem ich mich traute das sag ich euch nicht
Mein Schatz ist lieb und gut
Trägt er eine goldne Kett am Hals
Trägt er einen strohernen Hut.

Soll Spott und Hohn getragen sein
Trag ich allein den Hohn,
Ich kenn ihn wohl, er kennt mich wohl
Und Gott weiß auch davon.

Herr Pfarrer und Herr Amtmann ihr
Ich bitt lasst mich in Ruh,
Es ist mein Kind und bleibt mein Kind,
Ihr gebt mir ja nichts dazu.

Harzreise
im Winter

[19.]

Dem Geier gleich,
Der auf schweren Morgenwolken
Mit sanftem Fittich ruhend
Nach Beute schaut,
Schwebe mein Lied.

Denn ein Gott hat
Jedem seine Bahn
Vorgezeichnet,
Die der Glückliche
Rasch zum freudigen
Ziele rennt:
Wem aber Unglück
Das Herz zusammenzog,
Er sträubt vergebens
Sich gegen die Schranken
Des ehernen Fadens,
Den die doch bittre Schere
Nur Einmal löst.

In Dickichts-Schauer
Drängt sich das raue Wild,
Und mit den Sperlingen
Haben längst die Reichen
In ihre Sümpfe sich gesenkt.

Leicht ist's folgen dem Wagen,
Den Fortuna führt,
Wie der gemächliche Tross
Auf gebesserten Wegen
Hinter des Fürsten Einzug.

Aber abseits wer ist's?
Ins Gebüsch verliert sich sein Pfad,
Hinter ihm schlagen
Die Sträuche zusammen,
Das Gras steht wieder auf,
Die Öde verschlingt ihn.

Ach wer heilet die Schmerzen
Des, dem Balsam zu Gift ward?
Der sich Menschenhass
Aus der Fülle der Liebe trank!
Erst verachtet, nun ein Verächter,
Zehrt er heimlich auf
Seinen eignen Wert
In ungnügender Selbstsucht.

Ist auf deinem Psalter,
Vater der Liebe, ein Ton
Seinem Ohre vernehmlich,
So erquicke sein Herz!
Öffne den umwölkten Blick
Über die tausend Quellen
Neben dem Durstenden
In der Wüste.

Der du der Freuden viel schaffst,
Jedem ein überfließend Maß,
Segne die Brüder der Jagd
Auf der Fährte des Wilds,
Mit jugendlichem Übermut
Fröhlicher Mordsucht,
Späte Rächer des Unbilds,
Dem schon Jahre vergeblich
Wehrt mit Knütteln der Bauer.

Aber den Einsamen hüll
In deine Goldwolken,
Umgib mit Wintergrün,
Bis die Rose wieder heranreift,
Die feuchten Haare,
O Liebe, deines Dichters!

Mit der dämmernden Fackel
Leuchtest du ihm
Durch die Furten bei Nacht,
Über grundlose Wege
Auf öden Gefilden;
Mit dem tausendfarbigen Morgen
Lachst du ins Herz ihm;
Mit dem beizenden Sturm
Trägst du ihn hoch empor;
Winterströme stürzen vom Felsen
In seine Psalmen,
Und Altar des lieblichsten Danks
Wird ihm des gefürchteten Gipfels
Schneebehangner Scheitel, >

Den mit Geisterreihen
Kränzten ahndende Völker.

Du stehst mit unerforschtem Busen
Geheimnisvoll offenbar
Über der erstaunten Welt,
Und schaust aus Wolken
Auf ihre Reiche und Herrlichkeit,
Die du aus den Adern deiner Brüder
Neben dir wässerst.

Das Göttliche [20.]

Edel sei der Mensch,
Hülfreich und gut!
Denn das allein
Unterscheidet ihn
Von allen Wesen,
Die wir kennen.

Heil den unbekannten
Höhern Wesen,
Die wir ahnden!
Sein Beispiel lehr uns
Jene glauben.

Denn unfühlend
Ist die Natur:
Es leuchtet die Sonne
Über Bös' und Gute,
Und dem Verbrecher
Glänzen wie dem Besten
Der Mond und die Sterne.

Wind und Ströme,
Donner und Hagel
Rauschen ihren Weg,
Und ergreifen,
Vorüber eilend,
Einen um den andern.

Auch so das Glück
Tappt unter die Menge,
Fasst bald des Knaben
Lockige Unschuld,
Bald auch den kahlen
Schuldigen Scheitel.

Nach ewigen, ehrnen,
Großen Gesetzen,
Müssen wir alle
Unseres Daseins
Kreise vollenden.

Nur allein der Mensch
Vermag das Unmögliche:
Er unterscheidet,
Wählet und richtet;
Er kann dem Augenblick
Dauer verleihen.

Er allein darf
Dem Guten lohnen,
Den Bösen strafen;
Heilen und retten
Alles Irrende, Schweifende
Nützlich verbinden.

Und wir verehren
Die Unsterblichen,
Als wären sie Menschen,
Täten im Großen, >

Was der Beste im Kleinen
Tut oder möchte.

Der edle Mensch
Sei hülfreich und gut!
Unermüdet schaff er
Das Nützliche, Rechte,
Sei uns ein Vorbild
Jener geahndeten Wesen!

Kennst du das Land? wo die Zitronen blühn, [21.]
Im dunkeln Laub die Gold-Orangen glühn,
Ein sanfter Wind vom blauen Himmel weht,
Die Myrte still und hoch der Lorbeer steht.
Kennst du es wohl?
Dahin! Dahin!
Mögt ich mit dir, o mein Geliebter, ziehn.

Kennst du das Haus? auf Säulen ruht sein Dach,
Es glänzt der Saal, es schimmert das Gemach,
Und Marmorbilder stehn und sehn mich an:
Was hat man dir, du armes Kind, getan?
Kennst du es wohl?
Dahin! Dahin!
Mögt ich mit dir, o mein Beschützer, ziehn.

Kennst du den Berg und seinen Wolkensteg?
Das Maultier sucht im Nebel seinen Weg,
In Höhlen wohnt der Drachen alte Brut,
Es stürzt der Fels und über ihn die Flut.
Kennst du ihn wohl?
Dahin! Dahin!
Geht unser Weg! o Vater, lass uns ziehn!

Der Fischer [22.]

Das Wasser rauscht', das Wasser schwoll,
Ein Fischer saß daran;
Sah nach dem Angel ruhevoll,
Kühl bis ans Herz hinan;
Und wie er sitzt und wie er lauscht,
Teilt sich die Flut empor,
Aus dem bewegten Wasser rauscht
Ein feuchtes Weib hervor.

Sie sang zu ihm und sprach zu ihm:
Was lockst du meine Brut,
Mit Menschenwitz und Menschenlist
Hinauf in Todes Glut?
Ach! wüsstest du, wie 's Fischlein ist
So wohlig auf dem Grund,
Du kämst herunter wie du bist
Und würdest erst gesund.

Labt sich die liebe Sonne nicht
Der Mond sich nicht im Meer?
Kehrt wellenatmend ihr Gesicht
Nicht doppelt schöner her?
Lockt dich der tiefe Himmel nicht,
Das feucht verklärte Blau?
Lockt nicht dein eigen Angesicht
Dich her in ewgem Tau?

Das Wasser rauscht' das Wasser schwoll
Netzt ihm den nackten Fuß; >

Sein Herz wuchs ihm so sehnensvoll
Wie bei der Liebsten Gruß:
Sie sprach zu ihm – sie sang zu ihm –
Da war's um ihn geschehn –
Halb zog sie ihn, halb sank er hin –
Und ward nicht mehr gesehn.

Wer reitet so spät durch Nacht und Wind? [23.]
Es ist der Vater mit seinem Kind.
Er hat den Knaben wohl in dem Arm
Er fasst ihn sicher, er hält ihn warm.

Mein Sohn was birgst du so bang dein Gesicht? –
Siehst Vater du den Erlkönig nicht?
Den Erlenkönig mit Kron und Schweif? –
Mein Sohn es ist ein Nebelstreif. –

Du liebes Kind, komm geh mit mir,
Gar schöne Spiele spiel ich mit dir,
Manch bunte Blumen sind an dem Strand,
Meine Mutter hat manch gülden Gewand. –

Mein Vater, mein Vater und hörest du nicht
Was Erlenkönig mir leise verspricht? –
Sei ruhig, bleibe ruhig Kind,
In dürren Blättern säuselt der Wind. –

Willst feiner Knabe du mit mir gehn?
Meine Töchter sollen dich warten schön,
Meine Töchter führen den nächtlichen Reihn
Und wiegen und tanzen und singen dich ein. –

Mein Vater, mein Vater und siehst du nicht dort
Erlkönigs Töchter am düstern Ort? –
Mein Sohn, mein Sohn ich seh es genau,
Es scheinen die alten Weiden so grau. –

Ich liebe dich, mich reizt deine schöne Gestalt,
Und bist du nicht willig, so brauch ich Gewalt! –
Mein Vater, mein Vater jetzt fasst er mich an!
Erlkönig hat mir ein Leids getan.

Dem Vater grauset's, er reitet geschwind,
Er hält in Armen das ächzende Kind,
Erreicht den Hof mit Müh und Not;
In seinen Armen das Kind war tot.

»O Mutter, guten Rat mir leiht, [24.]
Wie soll ich bekommen die schöne Maid?«
Sie baut ihm ein Pferd von Wasser klar,
Und Zaum und Sattel von Sande gar.
Sie kleidet ihn an zum Ritter fein;
So ritt er Marienkirchhof hinein.
Er band sein Pferd an die Kirchentür,
Er ging um die Kirch dreimal und vier.
Der Wassermann in die Kirch ging ein,
Sie kamen um ihn, groß und klein.
Der Priester eben stand vorm Altar:
»Was kommt für ein blanker Ritter dar?«
Das schöne Mädchen lacht in sich:
»O wär der blanke Ritter für mich!«
Er trat über einen Stuhl und zwei:
»O Mädchen, gib mir Wort und Treu!«
Er trat über Stühle drei und vier:
»O schönes Mädchen, zieh mit mir!«
Das schöne Mädchen die Hand ihm reicht:
»Hier hast du meine Treu, ich folg dir leicht.«
Sie gingen hinaus mit Hochzeitschar,
Sie tanzten freudig und ohne Gefahr.
Sie tanzten nieder bis an den Strand,
Sie waren allein jetzt Hand in Hand.
»Halt, schönes Mädchen, das Ross mir hier!
Das niedlichste Schiffchen bring ich dir.«
Und als sie kamen auf den weißen Sand,
Da kehrten sich alle Schiffe zu Land; >

Und als sie kamen auf den Sund,
Das schöne Mädchen sank zu Grund.
Noch lange hörten am Lande sie,
Wie das schöne Mädchen im Wasser schrie.
Ich rat euch Jungfern, was ich kann:
Geht nicht in Tanz mit dem Wassermann.

Erste Elegie [25.]

Saget Steine mir an, o! sprecht, ihr hohen Paläste.
Straßen redet ein Wort! Genius regst du dich nicht?
Ja es ist alles beseelt in deinen heiligen Mauern
Ewige Roma, nur mir schweiget noch alles so still.
O! wer flüstert mir zu, an welchem Fenster erblick ich
Einst das holde Geschöpf, das mich versengt und erquickt?
Ahnd ich die Wege noch nicht, durch die ich immer und immer,
Zu ihr und von ihr zu gehn, opfre die köstliche Zeit.
Noch betracht ich Paläst und Kirchen, Ruinen und Säulen,
Wie ein bedächtiger Mann sich auf der Reise beträgt.
Doch bald ist es vorbei, dann wird ein einziger Tempel,
Amors Tempel nur sein, der den Geweihten empfängt.
Eine Welt zwar bist du, o Rom, doch ohne die Liebe
Wäre die Welt nicht die Welt, wäre denn Rom auch nicht Rom.

Fünfte Elegie [26.]

Froh empfind ich mich nun auf klassischem Boden begeistert,
Lauter und reizender spricht Vorwelt und Mitwelt zu mir.
Ich befolge den Rat, durchblättre die Werke der Alten
Mit geschäftiger Hand täglich mit neuem Genuss.
Aber die Nächte hindurch hält Amor mich anders beschäftigt,
Werd ich auch halb nur gelehrt, bin ich doch doppelt vergnügt.
Und belehr ich mich nicht? wenn ich des lieblichen Busens
Formen spähe, die Hand leite die Hüften hinab.
Dann versteh ich erst recht den Marmor, ich denk und vergleiche,
Sehe mit fühlendem Aug, fühle mit sehender Hand.
Raubt die Liebste denn gleich mir einige Stunden des Tages;
Gibt sie Stunden der Nacht mir zur Entschädigung hin.
Wird doch nicht immer geküsst, es wird vernünftig gesprochen,
Überfällt sie der Schlaf, lieg ich und denke mir viel.
Oftmals hab ich auch schon in ihren Armen gedichtet
Und des Hexameters Maß, leise, mit fingernder Hand,
Ihr auf den Rücken gezählt, sie atmet in lieblichem Schlummer
Und es durchglühet ihr Hauch mir bis ins tiefste die Brust.
Amor schüret indes die Lampe und denket der Zeiten,
Da er den nämlichen Dienst seinen Triumvirn getan.

Siebente Elegie [27.]

O wie fühl ich in Rom mich so froh! Gedenk ich der Zeiten,
Da mich ein graulicher Tag hinten im Norden umfing,
Trübe der Himmel und schwer auf meinen Scheitel sich neigte,
Farb- und gestaltlos die Welt um den Ermatteten lag,
Und ich über mein Ich, des unbefriedigten Geistes
Düstre Wege zu spähn, still in Betrachtung versank.
Nun umleuchtet der Glanz des hellen Äthers die Stirne,
Phöbus rufet, der Gott, Formen und Farben hervor.
Sternenhelle glänzet die Nacht, sie klingt von Gesängen
Und mir leuchtet der Mond heller als ehmals der Tag.
Welche Seligkeit ward mir Sterblichen! Träum ich? Empfänget
Dein ambrosisches Haus, Jupiter Vater, den Gast?
Ach! hier lieg ich und strecke nach deinen Knieen die Hände
Flehend aus. O! vernimm Jupiter Xenius mich!
Wie ich hereingekommen, ich kann's nicht sagen, es fasste
Hebe den Wandrer und zog mich in die Hallen heran.
Hast du ihr einen Heroen herauf zu führen geboten?
Irrte die Schöne? Vergib! Lass mir des Irrtums Gewinn!
Deine Tochter Fortuna sie auch! die herrlichsten Gaben
Teilet sie mädchenhaft aus, wie es die Laune gebeut.
Bist du der wirtliche Gott? O so verstoße den Gastfreund
Nicht von deinem Olymp wieder zur Erde hinab.
»Dichter! wo versteigst du dich hin?« – Vergib mir, der hohe
Kapitolinische Berg ist dir ein zweiter Olymp. >

Dulde mich Jupiter hier und Hermes führe mich später,
Cestius' Denkmal vorbei, leise zum Orkus hinab.

Zueignung [28.]

Ihr naht euch wieder, schwankende Gestalten!
Die früh sich einst dem trüben Blick gezeigt.
Versuch ich wohl euch diesmal fest zu halten?
Fühl ich mein Herz noch jenem Wahn geneigt?
Ihr drängt euch zu! nun gut, so mögt ihr walten,
Wie ihr aus Dunst und Nebel um mich steigt;
Mein Busen fühlt sich jugendlich erschüttert
Vom Zauberhauch, der euren Zug umwittert.

Ihr bringt mit euch die Bilder froher Tage,
Und manche liebe Schatten steigen auf;
Gleich einer alten halbverklungnen Sage,
Kommt erste Lieb und Freundschaft mit herauf;
Der Schmerz wird neu, es wiederholt die Klage
Des Lebens labyrinthisch irren Lauf,
Und nennt die Guten, die, um schöne Stunden
Vom Glück getäuscht, vor mir hinweggeschwunden.

Sie hören nicht die folgenden Gesänge,
Die Seelen, denen ich die ersten sang;
Zerstoben ist das freundliche Gedränge,
Verklungen ach! der erste Widerklang.
Mein Lied ertönt der unbekannten Menge,
Ihr Beifall selbst macht meinem Herzen bang,
Und was sich sonst an meinem Lied erfreuet,
Wenn es noch lebt, irrt in der Welt zerstreuet.

Und mich ergreift ein längst entwöhntes Sehnen
Nach jenem stillen ernsten Geisterreich, >

Es schwebet nun in unbestimmten Tönen
Mein lispelnd Lied, der Äolsharfe gleich,
Ein Schauer fasst mich, Träne folgt den Tränen,
Das strenge Herz es fühlt sich mild und weich;
Was ich besitze seh ich wie im Weiten,
Und was verschwand wird mir zu Wirklichkeiten.

Der Schäfer putzte sich zum Tanz, [29.]
Mit bunter Jacke, Band und Kranz,
Schmuck war er angezogen.
Schon um die Linde war es voll.
Und alles tanzte schon wie toll.
Juchhe! Juchhe!
Juchheisa! Heisa! He!
So ging der Fiedelbogen.

Er drückte hastig sich heran,
Da stieß er an ein Mädchen an
Mit seinem Ellenbogen;
Die frische Dirne kehrt sich um
Und sagte: nun das find ich dumm!
Juchhe! Juchhe!
Juchheisa! Heisa! He!
Seid nicht so ungezogen.

Doch hurtig in dem Kreise ging's,
Sie tanzten rechts, sie tanzten links
Und alle Röcke flogen.
Sie wurden rot, sie wurden warm
Und ruhten atmend Arm in Arm,
Juchhe! Juchhe!
Juchheisa! Heisa! He!
Und Hüft an Ellenbogen.

Und tu mir doch nicht so vertraut!
Wie mancher hat nicht seine Braut >

Belogen und betrogen!
Er schmeichelte sie doch beiseit
Und von der Linde scholl es weit:
Juchhe! Juchhe!
Juchheisa! Heisa! He!
Geschrei und Fiedelbogen.

Es war ein König in Thule [30.]
Gar treu bis an das Grab,
Dem sterbend seine Buhle
Einen goldnen Becher gab.

Es ging ihm nichts darüber,
Er leert' ihn jeden Schmaus;
Die Augen gingen ihm über,
So oft er trank daraus.

Und als er kam zu sterben,
Zählt' er seine Städt im Reich,
Gönnt' alles seinem Erben,
Den Becher nicht zugleich.

Er saß beim Königsmahle,
Die Ritter um ihn her,
Auf hohem Väter-Saale,
Dort auf dem Schloss am Meer.

Dort stand der alte Zecher,
Trank letzte Lebensglut,
Und warf den heiligen Becher
Hinunter in die Flut.

Er sah ihn stürzen, trinken
Und sinken tief ins Meer,
Die Augen täten ihm sinken,
Trank nie einen Tropfen mehr.

Meine Ruh ist hin, [31.]
Mein Herz ist schwer;
Ich finde sie nimmer
Und nimmermehr.

Wo ich ihn nicht hab
Ist mir das Grab,
Die ganze Welt
Ist mir vergällt.

Mein armer Kopf
Ist mir verrückt,
Mein armer Sinn
Ist mir zerstückt.

Meine Ruh ist hin,
Mein Herz ist schwer;
Ich finde sie nimmer
Und nimmermehr.

Nach ihm nur schau ich
Zum Fenster hinaus,
Nach ihm nur geh ich
Aus dem Haus.

Sein hoher Gang,
Sein' edle Gestalt,
Seines Mundes Lächeln,
Seiner Augen Gewalt,

Und seiner Rede
Zauberfluss,
Sein Händedruck,
Und ach sein Kuss!

Meine Ruh ist hin,
Mein Herz ist schwer,
Ich finde sie nimmer
Und nimmermehr.

Mein Busen drängt
Sich nach ihm hin.
Ach dürft ich fassen
Und halten ihn!

Und küssen ihn
So wie ich wollt,
An seinen Küssen
Vergehen sollt!

Meeresstille

[32.]

Tiefe Stille herrscht im Wasser,
Ohne Regung ruht das Meer,
Und bekümmert sieht der Schiffer
Glatte Fläche rings umher.
Keine Luft von keiner Seite,
Todes-Stille fürchterlich.
In der ungeheuern Weite
Reget keine Welle sich.

Glückliche Fahrt [33.]

Die Nebel zerreißen,
Auf einmal wird's helle,
Und Äolus löset
Das ängstliche Band.
Es säuseln die Winde,
Es rührt sich der Schiffer,
Geschwinde! Geschwinde!
Es teilt sich die Welle,
Es naht sich die Ferne,
Schon seh ich das Land.

Natur und Kunst sie scheinen sich zu fliehen, [34.]
Und haben sich, eh man es denkt, gefunden;
Der Widerwille ist auch mir verschwunden,
Und beide scheinen gleich mich anzuziehen.

Es gilt wohl nur ein redliches Bemühen!
Und wenn wir erst, in abgemessnen Stunden,
Mit Geist und Fleiß, uns an die Kunst gebunden
Mag frei Natur im Herzen wieder glühen.

So ist's mit aller Bildung auch beschaffen:
Vergebens werden ungebundne Geister
Nach der Vollendung reiner Höhe streben.

Wer Großes will muss sich zusammenraffen;
In der Beschränkung zeigt sich erst der Meister,
Und das Gesetz nur kann uns Freiheit geben.

Das Mädchen spricht [35.]

Du siehst so ernst, Geliebter! Deinem Bilde
Von Marmor hier möcht ich dich wohl vergleichen;
Wie dieses gibst du mir kein Lebenszeichen;
Mit dir verglichen zeigt der Stein sich milde.

Der Feind verbirgt sich hinter seinem Schilde,
Der Freund soll offen seine Stirn uns reichen.
Ich suche dich, du suchst mir zu entweichen;
Doch halte Stand, wie dieses Kunstgebilde.

An wen von beiden soll ich nun mich wenden?
Sollt ich von beiden Kälte leiden müssen?
Da dieser tot und du lebendig heißest.

Kurz! um der Worte mehr nicht zu verschwenden,
So will ich diesen Stein so lange küssen,
Bis eifersüchtig du mich ihm entreißest.

Die Liebende abermals [36.]

Warum ich wieder zum Papier mich wende?
Das musst du, Liebster, so bestimmt nicht fragen:
Denn eigentlich hab ich dir nichts zu sagen;
Doch kommt's zuletzt in deine lieben Hände.

Weil ich nicht kommen kann, soll was ich sende
Mein ungeteiltes Herz hinüber tragen
Mit Wonnen, Hoffnungen, Entzücken, Plagen:
Das alles hat nicht Anfang, hat nicht Ende.

Ich mag vom heut'gen Tag dir nichts vertrauen,
Wie sich im Sinnen, Wünschen, Wähnen, Wollen
Mein treues Herz zu dir hinüber wendet,

So stand ich einst vor dir, dich anzuschauen
Und sagte nichts. Was hätt ich sagen sollen?
Mein ganzes Wesen war in sich vollendet.

Gefunden [37.]

Ich ging im Walde
So für mich hin,
Und nichts zu suchen
Das war mein Sinn.

Im Schatten sah ich
Ein Blümchen stehn,
Wie Sterne leuchtend,
Wie Äuglein schön.

Ich wollt es brechen;
Da sagt' es fein:
Soll ich zum Welken
Gebrochen sein?

Ich grub's mit allen
Den Würzlein aus,
Zum Garten trug ich's
Am hübschen Haus.

Und pflanzt es wieder
Am stillen Ort;
Nun zweigt es immer
Und blüht so fort.

Im Atemholen sind zweierlei Gnaden: [38.]
Die Luft einziehn, sich ihrer entladen.
Jenes bedrängt, dieses erfrischt;
So wunderbar ist das Leben gemischt.
Du danke Gott, wenn er dich presst,
Und dank ihm, wenn er dich wieder entlässt.

Hatem [39.]

Nicht Gelegenheit macht Diebe,
Sie ist selbst der größte Dieb,
Denn sie stahl den Rest der Liebe
Die mir noch im Herzen blieb.

Dir hat sie ihn übergeben
Meines Lebens Vollgewinn,
Dass ich nun, verarmt, mein Leben
Nur von dir gewärtig bin.

Doch ich fühle schon Erbarmen
Im Karfunkel deines Blicks
Und erfreu in deinen Armen
Mich erneuerten Geschicks.

Suleika [40.]

Hochbeglückt in deiner Liebe
Schelt ich nicht Gelegenheit,
Ward sie auch an dir zum Diebe
Wie mich solch ein Raub erfreut!

Und wozu denn auch berauben?
Gib dich mir aus freier Wahl,
Gar zu gerne möcht ich glauben –
Ja! ich bin's die dich bestahl.

Was so willig du gegeben
Bringt dir herrlichen Gewinn,
Meine Ruh, mein reiches Leben
Geb ich freudig, nimm es hin.

Scherze nicht! Nichts von Verarmen!
Macht uns nicht die Liebe reich?
Halt ich dich in meinen Armen,
Jedem Glück ist meines gleich.

Lesebuch [41.]

Wunderlichstes Buch der Bücher
Ist das Buch der Liebe;
Aufmerksam hab ich's gelesen:
Wenig Blätter Freuden,
Ganze Hefte Leiden,
Einen Abschnitt macht die Trennung.
Wiedersehn! ein klein Kapitel
Fragmentarisch. Bände Kummers
Mit Erklärungen verlängert,
Endlos ohne Maß.
O! Nisami! – doch am Ende
Hast den rechten Weg gefunden;
Unauflösliches wer löst es?
Liebende sich wieder findend.

An Werther

[42.]

Noch einmal wagst du, vielbeweinter Schatten,
Hervor dich an das Tageslicht,
Begegnest mir auf neu beblümten Matten
Und meinen Anblick scheust du nicht.
Es ist als ob du lebtest in der Frühe,
Wo uns der Tau auf Einem Feld erquickt,
Und nach des Tages unwillkommner Mühe
Der Scheidesonne letzter Strahl entzückt;
Zum Bleiben ich, zum Scheiden du, erkoren,
Gingst du voran – und hast nicht viel verloren.

Des Menschen Leben scheint ein herrlich Los:
Der Tag, wie lieblich, so die Nacht, wie groß!
Und wir gepflanzt in Paradieses Wonne,
Genießen kaum der hocherlauchten Sonne,
Da kämpft sogleich verworrene Bestrebung
Bald mit uns selbst und bald mit der Umgebung;
Keins wird vom andern wünschenswert ergänzt,
Von außen düstert's, wenn es innen glänzt,
Ein glänzend Äußres deckt mein trüber Blick,
Da steht es nah – und man verkennt das Glück.

Nun glauben wir's zu kennen! Mit Gewalt
Ergreift uns Liebreiz weiblicher Gestalt:
Der Jüngling, froh wie in der Kindheit Flor
Im Frühling tritt als Frühling selbst hervor,
Entzückt, erstaunt, wer dies ihm angetan?
Er schaut umher, die Welt gehört ihm an. >

Ins Weite zieht ihn unbefangene Hast,
Nichts engt ihn ein, nicht Mauer, nicht Palast;
Die Vögelschar an Wäldergipfeln streift,
So schweift auch er, der um die Liebste schweift,
Er sucht vom Äther, den er gern verlässt,
Den treuen Blick und dieser hält ihn fest.

Doch erst zu früh und dann zu spat gewarnt,
Fühlt er den Flug gehemmt, fühlt sich umgarnt,
Das Wiedersehn ist froh, das Scheiden schwer,
Das Wieder-Wiedersehn beglückt noch mehr
Und Jahre sind im Augenblick ersetzt;
Doch tückisch harrt das Lebewohl zuletzt.

Du lächelst, Freund, gefühlvoll wie sich ziemt:
Ein grässlich Scheiden machte dich berühmt;
Wir feierten dein kläglich Missgeschick,
Du ließest uns zu Wohl und Weh zurück;
Dann zog uns wieder ungewisse Bahn
Der Leidenschaften labyrinthisch an;
Und wir verschlungen wiederholter Not,
Dem Scheiden endlich – Scheiden ist der Tod!
Wie klingt es rührend wenn der Dichter singt,
Den Tod zu meiden, den das Scheiden bringt!
Verstrickt in solche Qualen halbverschuldet
Geb ihm ein Gott zu sagen was er duldet.

Elegie [43.]

Und wenn der Mensch in seiner Qual verstummt,
Gab mir ein Gott zu sagen was ich leide.

Was soll ich nun vom Wiedersehen hoffen,
Von dieses Tages noch geschlossner Blüte?
Das Paradies, die Hölle steht dir offen;
Wie wankelsinnig regt sich's im Gemüte! –
Kein Zweifeln mehr! Sie tritt ans Himmelstor,
Zu Ihren Armen hebt sie dich empor.

So warst du denn im Paradies empfangen
Als wärst du wert des ewig schönen Lebens;
Dir blieb kein Wunsch, kein Hoffen, kein Verlangen,
Hier war das Ziel des innigsten Bestrebens,
Und in dem Anschaun dieses einzig Schönen
Versiegte gleich der Quell sehnsüchtiger Tränen.

Wie regte nicht der Tag die raschen Flügel,
Schien die Minuten vor sich her zu treiben!
Der Abendkuss, ein treu verbindlich Siegel:
So wird es auch der nächsten Sonne bleiben.
Die Stunden glichen sich in zartem Wandern
Wie Schwestern zwar, doch keine ganz den andern.

Der Kuss der letzte, grausam süß, zerschneidend
Ein herrliches Geflecht verschlungner Minnen.
Nun eilt, nun stockt der Fuß die Schwelle meidend,
Als trieb ein Cherub flammend ihn von hinnen; >

Das Auge starrt auf düstrem Pfad verdrossen,
Es blickt zurück, die Pforte steht verschlossen.

Und nun verschlossen in sich selbst, als hätte
Dies Herz sich nie geöffnet, selige Stunden
Mit jedem Stern des Himmels um die Wette
An ihrer Seite leuchtend nicht empfunden;
Und Missmut, Reue, Vorwurf, Sorgenschwere
Belasten's nun in schwüler Atmosphäre.

Ist denn die Welt nicht übrig? Felsenwände
Sind sie nicht mehr gekrönt von heiligen Schatten?
Die Ernte reift sie nicht? Ein grün Gelände
Zieht sich's nicht hin am Fluss durch Busch und Matten?
Und wölbt sich nicht das überweltlich Große
Gestaltenreiche, bald gestaltenlose?

Wie leicht und zierlich, klar und zart gewoben,
Schwebt, Seraph gleich, aus ernster Wolken Chor,
Als glich es ihr, am blauen Äther droben,
Ein schlank Gebild aus lichtem Duft empor;
So sahst du sie in frohem Tanze walten
Die Lieblichste der lieblichsten Gestalten.

Doch nur Momente darfst dich unterwinden
Ein Luftgebild statt ihrer fest zu halten;
Ins Herz zurück, dort wirst du's besser finden,
Dort regt sie sich in wechselnden Gestalten;
Zu Vielen bildet Eine sich hinüber,
So tausendfach, und immer immer lieber.

Wie zum Empfang sie an den Pforten weilte
Und mich von dannauf stufenweis beglückte;
Selbst nach dem letzten Kuss mich noch ereilte,
Den letztesten mir auf die Lippen drückte:
So klar beweglich bleibt das Bild der Lieben,
Mit Flammenschrift, ins treue Herz geschrieben.

Ins Herz, das fest wie zinnenhohe Mauer
Sich ihr bewahrt und sie in sich bewahret,
Für sie sich freut an seiner eignen Dauer,
Nur weiß von sich, wenn sie sich offenbaret,
Sich freier fühlt in so geliebten Schranken
Und nur noch schlägt, für alles ihr zu danken.

War Fähigkeit zu lieben, war Bedürfen
Von Gegenliebe weggelöscht, verschwunden;
Ist Hoffnungslust zu freudigen Entwürfen,
Entschlüssen, rascher Tat sogleich gefunden!
Wenn Liebe je den Liebenden begeistet,
Ward es an mir aufs Lieblichste geleistet;

Und zwar durch sie! – Wie lag ein innres Bangen
Auf Geist und Körper, unwillkommner Schwere:
Von Schauerbildern rings der Blick umfangen
Im wüsten Raum beklommner Herzensleere;
Nun dämmert Hoffnung von bekannter Schwelle,
Sie selbst erscheint in milder Sonnenhelle.

Dem Frieden Gottes, welcher euch hienieden
Mehr als Vernunft beseliget – wir lesen's –
Vergleich ich wohl der Liebe heitern Frieden

In Gegenwart des allgeliebten Wesens;
Da ruht das Herz und nichts vermag zu stören
Den tiefsten Sinn, den Sinn ihr zu gehören.

In unsers Busens Reine wogt ein Streben,
Sich einem höhern, reinern, unbekannten,
Aus Dankbarkeit freiwillig hinzugeben,
Enträtselnd sich den ewig Ungenannten;
Wir heißen's: fromm sein! – Solcher seligen Höhe
Fühl ich mich teilhaft, wenn ich vor ihr stehe.

Vor ihrem Blick, wie vor der Sonne Walten,
Vor ihrem Atem, wie vor Frühlingslüften,
Zerschmilzt, so längst sich eisig starr gehalten,
Der Selbstsinn tief in winterlichen Grüften;
Kein Eigennutz, kein Eigenwille dauert,
Vor ihrem Kommen sind sie weggeschauert.

Es ist als wenn sie sagte: »Stund um Stunde
Wird uns das Leben freundlich dargeboten,
Das Gestrige ließ uns geringe Kunde,
Das Morgende, zu wissen ist's verboten;
Und wenn ich je mich vor dem Abend scheute,
Die Sonne sank und sah noch was mich freute.

Drum tu wie ich und schaue, froh verständig,
Dem Augenblick ins Auge! Kein Verschieben!
Begegn ihm schnell, wohlwollend wie lebendig,
Im Handeln sei's, zur Freude, sei's dem Lieben;
Nur wo du bist sei alles, immer kindlich,
So bist du alles, bist unüberwindlich.«

Du hast gut reden, dacht ich, zum Geleite
Gab dir ein Gott die Gunst des Augenblickes,
Und jeder fühlt an deiner holden Seite
Sich augenblicks den Günstling des Geschickes;
Mich schreckt der Wink von dir mich zu entfernen,
Was hilft es mir so hohe Weisheit lernen!

Nun bin ich fern! Der jetzigen Minute
Was ziemt denn der? Ich wüsst es nicht zu sagen;
Sie bietet mir zum Schönen manches Gute,
Das lastet nur, ich muss mich ihm entschlagen;
Mich treibt umher ein unbezwinglich Sehnen,
Da bleibt kein Rat als grenzenlose Tränen.

So quellt denn fort! und fließet unaufhaltsam;
Doch nie geläng's die innre Glut zu dämpfen!
Schon rast's und reißt in meiner Brust gewaltsam,
Wo Tod und Leben grausend sich bekämpfen.
Wohl Kräuter gäb's, des Körpers Qual zu stillen;
Allein dem Geist fehlt's am Entschluss und Willen,

Fehlt's am Begriff: wie sollt er sie vermissen?
Er wiederholt ihr Bild zu tausendmalen.
Das zaudert bald, bald wird es weggerissen,
Undeutlich jetzt und jetzt im reinsten Strahlen;
Wie könnte dies geringstem Troste frommen?
Die Ebb und Flut, das Gehen wie das Kommen!

Verlasst mich hier, getreue Weggenossen!
Lasst mich allein am Fels, in Moor und Moos;
Nur immer zu! euch ist die Welt erschlossen,
Die Erde weit, der Himmel hehr und groß;
Betrachtet, forscht, die Einzelheiten sammelt,
Naturgeheimnis werde nachgestammelt.

Mir ist das All, ich bin mir selbst verloren,
Der ich noch erst den Göttern Liebling war;
Sie prüften mich, verliehen mir Pandoren,
So reich an Gütern, reicher an Gefahr;
Sie drängten mich zum gabeseligen Munde,
Sie trennen mich, und richten mich zu Grunde.

Aussöhnung

[44.]

Die Leidenschaft bringt Leiden! – Wer beschwichtigt
Beklommnes Herz das allzu viel verloren?
Wo sind die Stunden, überschnell verflüchtigt?
Vergebens war das Schönste dir erkoren!
Trüb ist der Geist, verworren das Beginnen;
Die hehre Welt wie schwindet sie den Sinnen!

Da schwebt hervor Musik mit Engelschwingen,
Verflicht zu Millionen Tön' um Töne,
Des Menschen Wesen durch und durch zu dringen,
Zu überfüllen ihn mit ew'ger Schöne:
Das Auge netzt sich, fühlt im höhern Sehnen
Den Götter-Wert der Töne wie der Tränen.

Und so das Herz erleichtert merkt behände
Dass es noch lebt und schlägt und möchte schlagen,
Zum reinsten Dank der überreichen Spende
Sich selbst erwidernd willig darzutragen.
Da fühlte sich – o dass es ewig bliebe! –
Das Doppel-Glück der Töne wie der Liebe.

Gedichte sind gemalte Fensterscheiben! [45.]
Sieht man vom Markt in die Kirche hinein
Da ist alles dunkel und düster;
Und so sieht's auch der Herr Philister:
Der mag denn wohl verdrießlich sein
Und lebenslang verdrießlich bleiben.

Kommt aber nur einmal herein!
Begrüßt die heilige Kapelle;
Da ist's auf einmal farbig helle,
Geschicht' und Zierrat glänzt in Schnelle,
Bedeutend wirkt ein edler Schein;
Dies wird euch Kindern Gottes taugen,
Erbaut euch und ergetzt die Augen!

[46.]

Dämmrung senkte sich von oben,
Schon ist alle Nähe fern;
Doch zuerst emporgehoben
Holden Lichts der Abendstern!
Alles schwankt ins Ungewisse,
Nebel schleichen in die Höh;
Schwarzvertiefte Finsternisse
Widerspiegelnd ruht der See.

Nun im östlichen Bereiche
Ahnd ich Mondenglanz und Glut,
Schlanker Weiden Haargezweige
Scherzen auf der nächsten Flut.
Durch bewegter Schatten Spiele
Zittert Lunas Zauberschein,
Und durchs Auge schleicht die Kühle
Sänftigend ins Herz hinein.

Nun weiß man erst was Rosenknospe sei, [47.]
Jetzt da die Rosenzeit vorbei;
Ein Spätling noch am Stocke glänzt
Und ganz allein die Blumenwelt ergänzt.

Dem aufgehenden Vollmonde! [48.]

Dornburg, d. 25. August 1828

Willst du mich sogleich verlassen!
Warst im Augenblick so nah.
Dich umfinstern Wolkenmassen,
Und nun bist du gar nicht da.

Doch du fühlst wie ich betrübt bin,
Blickt dein Rand herauf als Stern,
Zeugest mir dass ich geliebt bin,
Sei das Liebchen noch so fern.

So hinan denn! Hell und heller,
Reiner Bahn, in voller Pracht!
Schlägt mein Herz auch schneller, schneller,
Überselig ist die Nacht.

Dornburg, September 1828 [49.]

Früh wenn Tal, Gebirg und Garten
Nebelschleiern sich enthüllen,
Und dem sehnlichsten Erwarten
Blumenkelche bunt sich füllen;

Wenn der Äther, Wolken tragend,
Mit dem klaren Tage streitet,
Und ein Ostwind, sie verjagend,
Blaue Sonnenbahn bereitet;

Dankst du dann, am Blick dich weidend,
Reiner Brust der Großen, Holden,
Wird die Sonne, rötlich scheidend,
Rings den Horizont vergolden.

Vermächtnis [50.]

Kein Wesen kann zu nichts zerfallen,
Das Ew'ge regt sich fort in allen,
Am Sein erhalte dich beglückt!
Das Sein ist ewig, denn Gesetze
Bewahren die lebend'gen Schätze
Aus welchen sich das All geschmückt.

Das Wahre war schon längst gefunden,
Hat edle Geisterschaft verbunden,
Das alte Wahre fass es an.
Verdank es, Erdensohn, dem Weisen
Der ihr die Sonne zu umkreisen
Und dem Geschwister wies die Bahn.

Sofort nun wende dich nach innen,
Das Zentrum findest du da drinnen
Woran kein Edler zweifeln mag.
Wirst keine Regel da vermissen,
Denn das selbstständige Gewissen
Ist Sonne deinem Sittentag.

Den Sinnen hast du dann zu trauen,
Kein Falsches lassen sie dich schauen
Wenn dein Verstand dich wach erhält.
Mit frischem Blick bemerke freudig,
Und wandle, sicher wie geschmeidig,
Durch Auen reichbegabter Welt.

Genieße mäßig Füll und Segen,
Vernunft sei überall zugegen
Wo Leben sich des Lebens freut.
Dann ist Vergangenheit beständig,
Das Künftige voraus lebendig,
Der Augenblick ist Ewigkeit.

Und war es endlich dir gelungen,
Und bist du vom Gefühl durchdrungen:
Was fruchtbar ist allein ist wahr;
Du prüfst das allgemeine Walten,
Es wird nach seiner Weise schalten,
Geselle dich zur kleinsten Schar.

Und wie von Alters her, im stillen,
Ein Liebewerk, nach eignem Willen,
Der Philosoph, der Dichter schuf;
So wirst du schönste Gunst erzielen:
Denn edlen Seelen vorzufühlen
Ist wünschenswertester Beruf.

Zu dieser Ausgabe

Diese Anthologie folgt sowohl hinsichtlich des Textstandes als auch des Kommentars im Wesentlichen der folgenden Ausgabe:

Witte Johann Wolfgang Goethe: Gedichte. Studienausgabe. Hrsg. von Bernd Witte. Stuttgart: Reclam, 2008. (Reclams Universal-Bibliothek. 18519.)

Weitere verwendete Sammelausgaben (zit. mit Sigle und Bandnummer):

AlH Goethe's Werke. Vollständige Ausgabe letzter Hand. 40 Bde. Stuttgart/Tübingen: Cotta, 1827–1830. – [Ergänzung:] Goethe's Nachgelassene Werke. Hrsg. von Johann Peter Eckermann und Friedrich Wilhelm Riemer. 20 Bde. Stuttgart/Tübingen: Cotta, 1832–42.

FA Sämtliche Werke. [Frankfurter Ausgabe]. Hrsg. von Dieter Borchmeyer [u. a.]. 40 Bde. Frankfurt a. M.: Deutscher Klassiker Verlag, 1985–2000. [Reprints: Bd. 44: Gedichte 1756–1799. Hrsg. von Karl Eibl. Frankfurt a. M.: Deutscher Klassiker Verlag, 2021. Bd. 45: Gedichte 1800–1832. 2021.]

HA Werke. Hamburger Ausgabe in 14 Bänden. Hrsg. von Erich Trunz. Hamburg: Wegner, 1948–1960.

MA Sämtliche Werke nach Epochen seines Schaffens. Münchner Ausgabe. 20 Bde. und Reg.-Bd. Hrsg. von Karl Richter [u. a.]. München: Hanser, 1985–1998.

S Schriften. 8 Bde. Leipzig: Göschen, 1787–1790.

W^1 Werke. 13 Bde. Tübingen: Cotta, 1806–1810.

W^2 Werke. 20 Bde. Stuttgart/Tübingen: Cotta, 1815–1819.

WA Werke. [Weimarer bzw. Sophienausgabe.] Hrsg. im Auftrag der Großherzogin Sophie von Sachsen. 133 Bde. Weimar: Böhlau, 1877–1919. [Reprint: München: Deutscher Taschenbuch Verlag, 1987.]

Einzelausgaben:

DuW	Johann Wolfgang Goethe: Dichtung und Wahrheit. Hrsg. von Walter Hettche. Stuttgart: Reclam, 2012. (Reclams Universal-Bibliothek. 18939.)
Faust I	Johann Wolfgang Goethe: Faust. Der Tragödie Erster Teil. Stuttgart: Reclam, 2000 [u. ö.]. (Reclams Universal-Bibliothek. 1.)

Die Orthographie wurde nach den gültigen amtlichen Rechtschreibregeln behutsam modernisiert; der originale Lautstand und grammatische Eigenheiten blieben gewahrt. Die Interpunktion folgt den Druckvorlagen. Der Anmerkungsapparat bietet neben den Worterläuterungen Hinweise zu Entstehung, Erstdruck und ggf. zum Kontext der jeweiligen Gedichte.

Weitere verwendete Abkürzungen:

E	Entstehung
ED	Erstdruck
DV	Druckvorlage

Anmerkungen

1. Lied, das ein selbst gemaltes Band begleitete

E: Straßburg/Sesenheim, zwischen Herbst 1770 und Sommer 1771. | ED (= DV: Witte): Johann Georg Jacobis *Iris. Vierteljahresschrift für Frauenzimmer*, Bd. 2, 1. Stück (1775).

In *Dichtung und Wahrheit* berichtet Goethe: »Gemalte Bänder waren damals eben erst Mode geworden; ich malte ihr [Friederike Brion] gleich ein paar Stücke und sendete sie mit einem kleinen Gedicht voraus« (DuW, S. 501).

4 *Tändlend:* tändeln: etwas auf spielerisch-leichte Weise tun, im 18. Jh. aber auch: flirten, schäkern.
5 *Zephir:* im antiken Mythos eine Windgottheit, der milde Westwind.

2. Mir schlug das Herz; geschwind zu Pferde

E: Straßburg/Sesenheim, 1770/1771. | ED (= DV: Witte): Johann Georg Jacobis *Iris. Vierteljahresschrift für Frauenzimmer*, Bd. 2, 3. Stück (1775).

Seit der Werkausgabe 1806 mit dem Titel *Willkommen und Abschied.*

10 *Duft:* hier: Dunst, Nebel.

3. Maifest

E: Straßburg/Sesenheim, vermutlich Mai/Juni 1771. | ED (= DV: Witte): Johann Georg Jacobis *Iris. Vierteljahresschrift für Frauenzimmer*, Bd. 2, 1. Stück (1775).

[Titel] *Maifest:* verweist auf die Feier des wiederkehrenden Frühlings und damit auf die Erneuerung des Lebens- und Liebeszyklus der Natur, als deren Teil Ich und Mädchen konstituiert sind.

1 *leuchtet:* hier »[n]icht bloße Impression: Lichtmetaphorik in der gnostisch-neuplatonischen Tradition. [...] Paraphrase demnach: ›Wie offenbart sich mir das Göttliche in der Natur‹« (FA 44, S. 841).

4. Heidenröslein

E: Straßburg/Sesenheim, vielleicht bereits 1770 oder aber Frühjahr 1771 (Witte), Trunz vermutet den Sommer 1771. | ED: Johann Gottfried Herders *Von deutscher Art und Kunst. Einige fliegende Blätter*, Hamburg 1773. | DV: Witte (S 8, 1789.).

1 *Röslein:* hier metaphorisch für Mädchen bzw. junge Frau.
8 *ich breche dich:* im 18. Jh. metaphorisch für den Verlust der Jungfräulichkeit; vgl. etwa in Goethes *Faust I* die Worte Lieschens über das schwangere Bärbelchen: »War ein Gekos und ein Geschleck; / Da ist denn auch das Blümchen weg!« (V. 3560 f.)
18 *ihr:* Grammatikalisch richtig wäre ›ihm‹ (dem Röslein), das weibliche Personalpronomen verweist auf die metaphorische Bedeutung.

5. Ein grauer trüber Morgen

E: vermutlich Frankfurt a. M., Herbst 1771. | ED: in keiner zu Lebzeiten Goethes erschienenen Werkausgabe. | DV: Witte (Abschrift Heinrich Kruses aus dem Nachlass Friederike Brions).
Vermutlich nach der Trennung an Friederike Brion übersendet.

5 *Friedrike:* Verkürzung des Namens »Friederike« aufgrund des Metrums, auch V. 16.
18 *herbste ... ein:* lesen, einernten.

6. Wandrers Sturmlied

E: Sommer 1772 (?), endgültige Ausarbeitung wohl erst Mitte 1774 (vgl. FA 44, S. 854 ff.). | ED: Unautorisiert in *Nordische Miszellen*

(Hamburg), 1. März 1810. Unter dem Titel *Wandrers Sturmlied* zuerst in W^2 2 (1815). | DV: Witte (*Erste Weimarer Gedichtsammlung* 1778).

1772 verkehrt Goethe im Darmstädter Kreis der Empfindsamen. Er berichtet: »Man pflegte mich [...], wegen meines Umherschweifens in der Gegend, den Wandrer [zu nennen]. [...] Mehr als jemals war ich gegen offene Welt und freie Natur gerichtet. Unterwegs sang ich mir seltsame Hymnen und Dithyramben, wovon noch eine, unter dem Titel ›Wanderers Sturmlied‹, übrig ist. Ich sang diesen Halbunsinn leidenschaftlich vor mich hin, da mich ein schreckliches Wetter unterwegs traf, dem ich entgegen gehen mußte« (DuW, S. 559).

[Titel] *Wandrers:* Selbstapostrophierung des Lyrischen Ich (auch Goethes, s. o.), im Sinne eines existentiellen Unbehaustseins.

1 *Genius:* Schutzgeist, bereits in der Antike auch: eine dem Menschen innewohnende und ihn leitende höhere Macht.

6 *Schloßensturm:* Schloßen: Hagelkörner.

15 *Deukalions Flutschlamm:* Nach Ovids *Metamorphosen* (1,244–451) überleben Deukalion und seine Frau Pyrrha als Einzige die von Zeus gesandte Flut. Indem sie Steine hinter sich werfen, erschaffen sie das Geschlecht der Menschen neu.

16 f. *Python tötend ... Pythius Apollo:* Aus Regenflut und Schlamm geboren wird die Riesenschlange Python, die der Gott Apollo tötet, was ihm den Namen Pythius einträgt. Apollo gilt in der griechischen Mythologie als Gott des Lichts, der Klarheit, der Weisheit, der Heilung, des Frühlings und der Künste.

19 *unterspreiten:* spreiten: ausbreiten.

21 *Hüterfittigen:* behütenden Fittichen, Flügeln.

26 *Musen:* in der griechischen Mythologie die neun Schutzgöttinnen der Künste.

27 *Charitinnen:* Chariten, römisch Grazien: drei Göttinnen der Anmut, Freude und Schönheit.

34 f. *Herz der Wasser ... Mark der Erde:* »Goethe spielt auf die antike Elementenlehre an, nach der der Kosmos aus den vier ›reinen‹ Elementen Feuer, Wasser, Erde, Luft zusammengesetzt ist« (Witte, S. 526).

36 f. *schwebe / Über Wasser:* nach 1 Mose 1,2: »Und der Geist Gottes schwebte über dem Wasser.«
40 *Der kleine schwarze feurige Bauer:* hier als Hüter von Erde und Feuer.
42 *Bromius:* (lat.) der Lärmende. Beiname des Gottes Dionysus/Bacchus (Ovid, *Metamorphosen* IV,11).
56 *Pindarn:* Pindar: griech. Lyriker (522/518 – nach 446 v. Chr.)
58 *Phöb Apoll:* Phöbus Apollo, als Sonnengott.
75 *Pluvius:* (lat.) regenbringend, Beiname Jupiters.
77 *Kastalischer Quell:* heilige Quelle nahe des Apollo und den Musen geweihten Orakels von Delphi, Dichterquelle.
90 *Anakreon:* griech. Dichter von Trink- und Liebesliedern (um 580 – um 495 v. Chr.), nach ihm benannt die anakreontische Lyrik.
91 *Sturmatmende Gottheit:* nachgeholte Anrede; der Inversionsstil ist typisch für die ›pindarisierende‹ Ode.
93 *Sibaris:* griech. Kolonie Sybaris, gilt als Heimat Theokrits.
100 *Theokrit:* griech. Idyllen-Dichter (3. Jh. v. Chr.).
108 *Kieselwetter:* Hagelwetter.

7. Prometheus

E: Datierung ungesichert, zwischen Oktober 1773 und Anfang 1775. | ED: S 8 (1789). | DV: Witte (*Erste Weimarer Gedichtsammlung* 1778).

Das Gedicht entsteht im Umfeld des Fragment gebliebenen *Prometheus*-Dramas (1773).

[Titel] *Prometheus:* Der Titan Prometheus gilt als Erschaffer der Menschen; in Hesiods *Theogonie* ist er »ein Freund der Menschen, der es bei einem Stieropfer so einrichtet, daß die Menschen das Fleisch, Zeus aber nur die Knochen erhält. Aus Rache dafür habe Zeus den Menschen das Feuer vorenthalten. Prometheus habe es aber den Göttern mit List entwendet und den Menschen gebracht [...]. Dafür sei er von Zeus mit einem Pfahl an den östlichen Rand der Erde geheftet worden, wo ihm ein Adler täglich die in der Nacht nachwachsende Leber aushackt. Den Menschen sei zur Strafe die erste Frau geschickt worden, Pandora, von der alle Übel stammen« (FA 44, S. 925 f.). Der rebellisch seine Individualität gegen den Gottvater verteidigende Prometheus gilt als die beliebteste mythologische Figur der Geniezeit.

8 *Hütte:* als Schutzort (vgl. *Wandrers Sturmlied,* Nr. 6).

19 *darbtet:* littet.

34 *Herz:* Schlüsselwort des Sturm und Drang. Prometheus gewinnt seine Kraft aus sich selbst.

52 f. *forme Menschen ... Bilde:* Anklang an 1. Mose 1,26 f.

8. Ganymed

E: Datierung ungesichert, wohl Frankfurt a. M., Frühjahr 1774. | ED: S 8 (1789). | DV: Witte (*Erste Weimarer Gedichtsammlung* 1778).

Von Goethe in allen Ausgaben seiner Werke neben dem *Prometheus* veröffentlicht; daher als Komplementärtext zu diesem geltend.

[Titel] *Ganymed:* in der griech. Mythologie ein schöner Jüngling, den Zeus in der Gestalt eines Adlers auf den Olymp entführt, wo er als Mundschenk den Göttern dient (Ovid, *Metamorphosen* X,155–161).

8 *Schöne:* Schönheit.

9. An Schwager Kronos

E: Im Untertitel auf den 10. Oktober 1774 datiert. | ED: S 8 (1789). | DV: Witte (*Erste Weimarer Gedichtsammlung* 1778).

Das Gedicht – als allegorische Lebensreise zu lesen – entsteht wohl in der Postkutsche von Darmstadt nach Frankfurt a. M.

[Titel] *Schwager:* Kutscher, literarisch nicht gebräuchlicher Ausdruck aus der Studentensprache.

[Titel] *Kronos:* Vater des Zeus, »verschmilzt hier [...] mit Chronos, der spätantiken Allegorie der Zeit« (FA 44, S. 920), dem Gott der Unterwelt.

[Titel] *Postchaise:* Postkutsche.

2 *Trott:* im Sprachgebrauch des 18. Jh.s: Trab.

5 *Haudern:* Rütteln, Schütteln.
13 *an:* hinan.
17 *Über:* Hinüber.
31 *schlockernde:* mundartlich: schlotternde.
39 *Orkus:* Unterwelt.

10. Neue Liebe, neues Leben

E: Frankfurt a. M., Februar 1775. | ED (= DV: Witte): Johann Georg Jacobis *Iris. Vierteljahresschrift für Frauenzimmer*, Bd. 2, 3. Stück (1775).

Das Gedicht gehört in die erste Zeit der Beziehung zu Lili (Anna Elisabeth) Schönemann (1758–1817).

11. Auf dem See

E: Dem *Tagebuch der Schweizer Reise* nach am 15. Juni 1775 »aufm Zürichsee« geschrieben. | ED (= DV: Witte): S 8 (1789).

Das Gedicht gehört in die Zeit der Beziehung zu Lili (Anna Elisabeth) Schönemann (1758–1817).

2 *Saug:* hier im Sinne einer besonders innigen Verbindung zur Natur bzw. einer »intensiven Aufnahme von geistigem Gut« (Witte, S. 558).
9–12 *Aug mein Aug … ist:* Rückbesinnung auf und Loslösung von Lili Schönemann.

12. Wandrers Nachtlied

E: Weimar, Februar 1776. Der Unterschrift des Briefes an Charlotte von Stein nach »am Hang des Ettersberg d. 12. Febr. [17]76«. | ED: J. C. Pfeffingers *Christliches Magazin*, Bd. 3, 1. Stück, (Zürich 1780). | DV: Witte (S 8, 1789).

Die datierte Handschrift Goethes aus dem Besitz Charlotte von Steins besteht nur aus dem Text des Gedichtes.

[Titel] *Wandrers:* Selbstapostrophierung des Lyrischen Ich bzw. Goethes (vgl. *Wandrers Sturmlied*, Nr. 6).

13. Ein gleiches

E: Goethe schreibt das Gedicht vermutlich am 6. September 1780 an die Wand der Jagdhütte auf dem Kickelhahn bei Ilmenau. | ED: *The monthly magazine; or British register*, 1. Februar 1801. | DV: Witte (W² 1, 1815).

Im Brief vom 6. September 1780 an Charlotte von Stein berichtet Goethe: »Auf dem Gickelhahn dem höchsten Berg des Reviers [...] hab ich mich gebettet, um dem Wuste des Städgens, den Klagen, den Verlangen, der Unverbesserlichen Verworrenheit der Menschen auszuweichen. [...] Es ist ein ganz reiner Himmel und ich gehe des Sonnen Untergangs mich zu freuen. Die Aussicht ist gros aber einfach. / Die Sonne ist unter. Es ist eben die Gegend von der ich Ihnen die aufsteigenden Nebels zeichnete« (zitiert nach: Witte, S. 570).

[Titel] *Ein gleiches:* Goethe veröffentlicht das Gedicht seit der Ausgabe der *Werke* (Bd. 1, 1815) direkt nach *Wandrers Nachtlied* (Nr. 12). *Ein gleiches* meint demnach ebenfalls: *Wandrers Nachtlied.*

14. An den Mond

E: Genaue Datierung nicht möglich. Die frühe Fassung des Gedichtes (sechs Strophen) als undatierte, eigenhändige Handschrift Goethes aus dem Nachlass Charlotte von Steins, wohl erste Hälfte 1776 (Witte) bzw. zwischen 1776 und 1778 (Trunz). | ED der hier gebotenen zweiten Fassung: S 8 (1789), fortan unverändert in allen Werkausgaben. | DV: Witte, S. 571 f.

Inspiriert durch das Tal an der Ilm entsteht das Gedicht (in seiner frühen Fassung) im Umfeld der Lyrik für Charlotte von Stein, die ›Mondscheine‹ liebte.

13 *Fluss:* die Ilm.
29 *Selig wer:* Anklang an die Bergpredigt (Matthäus 5,1–10).

15. Warum gabst du uns die tiefen Blicke

E: Weimar, Anfang April 1776. Goethe übersendet das Gedicht der Unterschrift nach am 14. April 1776 an Charlotte von Stein. | ED: in keiner zu Lebzeiten Goethes erschienenen Werkausgabe. | DV: Witte (Faksimile des Briefes an Charlotte von Stein vom 14. April 1776).

Die datierte Handschrift Goethes aus dem Besitz Charlotte von Steins besteht nur aus dem Text des Gedichtes, das nach einem halben Jahr der Bekanntschaft die spannungsreiche Liebesbeziehung bilanziert, gleichzeitig aber in dichterischer Form ein ›Programm‹ für Goethes allen Konventionen entgegenstehende Liebe zu der verheirateten Hofdame entwirft. An Wieland schreibt Goethe (vermutlich April 1776): »Ich kann mir die Bedeutsamkeit – die Macht, die diese Frau über mich hat, anders nicht erklären als durch die Seelenwanderung. – Ja, wir waren einst Mann und Weib! – Nun wissen wir von uns – verhüllt in Geisterduft. – Ich habe keinen Namen für uns – die Vergangenheit – die Zukunft – das All« (zitiert nach: Witte, S. 575).

2 *ahndungsvoll:* in Goethes Vorstellung die noch undeutliche Vision von etwas Eigentlichem, auch: Künftigem.

4 *Wähnend:* hier im Sinne von: an ein Trugbild glaubend.

11 *zwecklos:* ziellos.

12 *unversehnem:* unvorhergesehenem, unerwartetem.

26 *band:* hier: verband, in der Bedeutung von ›zusammenfügen, vereinen‹.

27 f. *Ach du warst ... Frau:* dies die durch das Gedicht vorgeschlagene poetische ›Lösung dieser Liebe‹: Was als Vergangenes benannt wird, transzendiert die erhoffte Zukunft.

28 *meine Frau:* eine Formulierung, die sich die Adressatin verbietet, vgl. Goethes Brief an Charlotte von Stein vom 16. April, zwei Tage später: »Adieu liebe Schwester, weils denn so seyn soll«.

30 *Nerve:* im Sprachgebrauch Goethes und seiner Zeit: Sehne, Saite.

50 *Dämmernd ist ... Tag:* Das Paradoxon verweist noch einmal auf die Form der Wahrheitserinnerung durch die Anamnesis: Im

Dämmer der Gegenwart leuchtet der ›hellste Tag‹ als Idee eines Vergangenen (und Zukünftigen) auf.

52 *mag:* hier wie auch sonst häufig bei Goethe im Sinne von ›kann‹.

16. Rastlose Liebe

E: Wohl vom 6. Mai 1776. | ED: S 8 (1789). | DV: AlH 1 (1827).

4 *Nebeldüfte:* Nebeldunst.

17. Alles gaben Götter

E: Weimar, aus einem Brief Goethes an die Gräfin Auguste von Stolberg vom 17. Juli 1777. | ED mit Textabweichungen V. 1 in einem Aufsatz von Friedrich Leopold Stolberg *Über die Ruhe nach dem Genuß und über den Zustand des Dichters in dieser Ruhe* im *Deutschen Museum* 1780. | DV: J. W. Goethe, *Briefe an Auguste von Stolberg,* hrsg. von Jürgen Behrens, Bad Homburg v. d. H. [u. a.], S. 47.

In den Jahren 1775–77 ist Auguste von Stolberg eine enge Briefvertraute Goethes. Persönlich lernt er sie nie kennen. Nach dem Gedicht fährt der Brief fort: »So sang ich neulich als ich tief in einer herrlichen Mondnacht aus dem Flusse stieg, der vor meinem Garten durch die Wiesen fliest; und das bewahrheitet sich täglich an mir. Ich muss das Glück für meine Liebste erkennen, dafür schiert [hier: quält] sie mich auch wieder wie ein geliebtes Weib. Den Tod meiner Schwester wirst du wissen.«

18. Vor Gericht

E: Genaue Datierung nicht möglich. Enthalten in Goethes handschriftlicher Sammlung der Gedichte für Charlotte von Stein von 1777. | ED: W^1 1 (1815). | DV: *Goethes erste Weimarer Gedichtsammlung. Mit Varianten,* hrsg. von Albert Leitzmann, Bonn 1910, S. 27.

Die uneheliche Mutterschaft (in zugespitzter Form: der Kindsmord) ist ein die Epoche des Sturm und Drang kennzeichnendes Motiv.

5 *traute:* Das Verb ist reflexiv nicht üblich: Der Pfarrer traut das Paar, es kann sich nicht selbst trauen. Daher schwingt das Homonym im Sinne von ›getrauen‹ bzw. ›wagen‹ mit.

13 *Herr Pfarrer und Herr Amtmann:* als Vertreter der kirchlichen und der weltlichen Vernehmungs- und Strafgewalt bereits ab V. 1 in offener Konfrontation angesprochen.

19. Harzreise im Winter

E: Dezember 1777. | ED (= DV: Witte): S 8 (1789).

Goethe stilisiert die Harzreise und insbesondere die Besteigung des Brocken zu einem symbolischen Orakel-Entscheid über den Lebensentwurf der ersten Weimarer Jahre. »Sie wissen wie simbolisch mein Dasein ist«, schreibt er am 10. 12. 1777 an Charlotte von Stein. Die gelungene Brockenbesteigung wird ihm ein ›Zeichen‹ der Zustimmung zum eingeschlagenen Lebensweg.

1 *Geier:* dem Grimmschen *Wörterbuch* nach »volksmäßig [...] von jedem größeren Raubvogel«; möglicherweise ein Hinweis auf die römisch-antike Vorstellung des Geiers als Auguralvogel, aus dessen Flug man die Zukunft las.

5 *Schwebe mein Lied:* poetologisch als Hinweis auf den hohen Stil der Ode zu lesen.

16 *ehernen Fadens:* In der griech. Mythologie sind es die Parzen, die den Lebensfaden spinnen und durchtrennen.

19 *Dickichts-Schauer:* gemeint das zitternde Unterholz.

25 *Fortuna:* die Glücksgöttin, die den Wagen des Lebens »führt« (V. 25).

29 *wer ist's?:* nach den in Strophe 3 und 4 beschriebenen Kollektiva nun der Hinweis auf das Individuum und dessen Autonomie.

43 *Psalter:* harfenähnliches Saiteninstrument.

57 *Unbilds:* gemeint das Schwarzwild, das den Bauern Äcker und somit die Ernte zerstört.

62 *Wintergrün:* hier der Efeu- oder Lorbeerkranz als Zeichen des Dionysos, den Dichter schmückend.

73 *beizenden:* beizen: jagen (insbesondere mit Greifvögeln).

77 *Altar:* Goethe berichtet am 10. 12. an Charlotte von Stein: »[...] und

ich war oben [auf dem Brocken] und habe auf dem Teufels Altar meinem Gott den liebsten Dank geopfert« (zitiert nach: FA 44, S. 1043).

80 *Geisterreihen:* der Brocken als Ort der Walpurgisnacht, als Tanzplatz der Hexen.

86 *Reiche und Herrlichkeit:* Angespielt ist auf Matthäus 4,8. Die Weltzuwendungsformel auch an anderen Stellen bei Goethe (vgl. etwa *Faust II*, V. 10131).

20. Das Göttliche

E: Wohl 1783. | ED: Friedrich Heinrich Jacobi, *Über die Lehre des Spinoza in den Briefen des Herrn Moses Mendelssohn*, Breslau 1785, ohne Überschrift. | DV: Witte (S 8, 1789).

Die Ode wird häufig im Zusammenhang mit den Gedichten *Prometheus*, *Ganymed* und *Grenzen der Menschheit* als Beleg für Goethes Entwicklung vom Sturm und Drang zum Idealismus gelesen. Ideengeschichtlich entsteht sie im Umfeld der Beschäftigung Goethes mit Spinozas Pantheismus-Begriff.

9 *ahnden:* ahnen, im Sinne eines intuitiven Erkennens.

25 *Glück:* gemeint: die antike Glücksgöttin Fortuna. Ihr Blindsein wirkt in V. 26 weiter.

21. Kennst du das Land? wo die Zitronen blühn

E: Weimar, 1783. | ED (= DV: Witte): *Wilhelm Meisters Lehrjahre* (3. Buch, Kap. 1), Berlin 1795.

Im Roman wird der Text als Lied Mignons ausgewiesen, das Wilhelm Meister übersetzt. Der Erzähler erläutert den Vortrag Mignons: »Sie fing jeden Vers feierlich und prächtig an, als ob sie auf etwas Sonderbares aufmerksam machen, als ob sie etwas Wichtiges vortragen wollte. Bei der dritten Zeile ward der Gesang dumpfer und düsterer; das: *kennst du es wohl?* drückte sie geheimnißvoll und bedächtig aus; in dem: *dahin! dahin!* lag eine unwiderstehliche Sehnsucht, und ihr: *Laß uns ziehn!* wußte sie, bei jeder Wiederholung, dergestalt zu modifizieren, daß es bald bittend und dringend, bald treibend und vielversprechend war«.

1f. *Zitronen ... Gold-Orangen:* die Gleichzeitigkeit von Blüte und Frucht als Hinweis auf arkadische, d. h. idyllische Landschaft (hier gemeint: Italien).

4 *Myrte:* der Liebesgöttin Aphrodite zugewiesen.
Lorbeer: dem Gott Apollo zugewiesen.

7 *Haus:* Goethe imaginiert vermutlich die von Andrea Palladio 1567–1571 erbaute Villa Rotonda bei Vicenza. Im Roman der Ort von Mignons geheimnisvoller Herkunft.

13 *Berg:* Mignon besingt eine Überquerung der Alpen.

22. Der Fischer

E: Weimar, 1778. | ED (= DV: Witte): *Volks- und andere Lieder mit Begleitung des Forte piano. In Musik gesetzt von Siegmund Freyherrn von Seckendorff,* Weimar (1779); zeitgleich auch in Johann Gottfried Herder, *Volkslieder,* Leipzig (1779).

Witte vermutet einen Zusammenhang mit dem Freitod des Weimarer Hoffräuleins Christiane von Laßberg, die sich am 16. Januar 1778 in der Ilm, in unmittelbarer Nähe zu Goethes Gartenhaus, ertränkt. An Charlotte von Stein schreibt Goethe am 19. Januar 1778: »Diese einladende Trauer hat was gefährlich anziehendes wie das Wasser selbst, und der Abglanz der Sterne des Himmels der aus beyden leuchtet lockt uns.«

8 *feuchtes Weib:* die weibliche Figur in der Tradition der Elementargeister, hier: der Wasserfrauen, Undinen- und Melusinengestalten, die ihren Ursprung in den Sirenen der griech. Mythologie haben.

12 *Todes Glut:* gemeint: die Sonne.

21 *tiefe Himmel:* der sich im tiefen Wasser spiegelnde Himmel.

23 *dein eigen Angesicht:* wohl als Anspielung auf den antiken Mythos des Narziss zu lesen, der sich (nach Ovids *Metamorphosen* III,407 ff.) in sein eigenes Spiegelbild verliebt.

23. Wer reitet so spät durch Nacht und Wind?

E: Weimar, erste Hälfte 1782. | ED (= DV: Witte): *Die Fischerinn ein Singspiel. Auf dem natürlichen Schauplatz zu Tiefurth vorgestellt*, Weimar 1782.

Am 22. Juli 1782 wird Goethes Singspiel *Die Fischerin* im Park von Tiefurt uraufgeführt. Die Ballade vom Erlkönig eröffnet den Einakter, sie wird von Dortchen gesungen. Bei der Uraufführung spielt Corona Schröter die Rolle des Dortchens, von ihr stammt die erste Vertonung der Ballade.

6 *Erlkönig:* als Elementargeist zu denken. Die Ballade »ist inspiriert von einer dänischen Volksballade, die Johann Gottfried Herder unter dem Titel *Erlkönigs Tochter* in seinen *Volksliedern* [...] publiziert hatte. Der Name ›Erlkönig‹ beruht auf einem Übersetzungsfehler. Aus dem dänischen ›ellerkonge‹, das ›Elfenkönig‹ bedeutet, machte Herder – wohl wegen der niederdeutschen Bezeichnung ›Eller‹ für ›Erle‹ – einen Erlkönig« (Witte, S. 598).

24. O Mutter, guten Rat mir leiht

E: Weimar, erste Hälfte 1782. | ED: *Die Fischerinn ein Singspiel. Auf dem natürlichen Schauplatz zu Tiefurth vorgestellt*, Weimar 1782. | DV: *Gedenkausgabe der Werke, Briefe und Gespräche*, hrsg. von Ernst Beutler, Bd. 6, Zürich 1954, S. 903 f.

Die Ballade vom Wassermann, gesungen von Niklas, dem Verlobten Dortchens (vgl. Nr. 23), kann als Komplementärtext zum *Erlkönig* gelesen werden.

6 *Marienkirchhof:* Die Ortsbezeichnung amalgamiert eine der Jungfrau Maria geweihte Kirche mit deren zugehörigem Friedhof.
29 *Sund:* Meerenge.

25. Erste Elegie

E: Weimar, zwischen Herbst 1788 und Frühjahr 1790. | ED (= DV: Witte, unter Berücksichtigung des Druckfehlerverzeichnisses in *Die Horen* 1,12, 1795): Schillers *Horen* 1,6 (1795).

Die erste der (zuerst 1799 von Goethe so genannten) *Römischen Elegien* verknüpft zwei Leitmotive der Sammlung: die Liebe und Rom als Ort der geschilderten Ereignisse.

[Titel] *Elegie:* bereits in der Antike ein Gedicht in Distichen, also aus Hexameter und Pentameter gefügten Doppelversen, häufig als Bezeichnung für ein Klagelied. Goethe bezieht sich bei der Gattungsbenennung allerdings auf die Tradition der erotischen Liebeselegien der römischen Dichter Catull, Tibull und Properz. Die Handschrift, ein gebundenes Heft aus 40 Blättern in lateinischer Schrift, trägt auf Blatt 2 den durchgestrichenen Titel *Erotica Romana*, den Goethe durch *Elegien. Rom 1788* ersetzt.

1 *Saget Steine mir an:* Angespielt ist auf den Anfang von Homers *Odyssee*: »Sage mir, Muse, die Taten des vielgewanderten Mannes«. ›Ansagen‹ hier im Sinne von ›Auskunft geben‹.

2 *Genius:* der Genius loci, der Schutzgeist des Ortes.

4 *Roma:* der lateinische Name Roms. Bereits in der Antike ist das Palindrom Roma – Amor geläufig (V. 12), welches die Leitmotive Liebe und Stadt verknüpft.

6 *versengt und erquickt:* Die Antithese formuliert die erwartete Wirkung der Liebe auf das Lyrische Ich. Versengen im Sinne von ›an der Liebe verbrennen‹.

13 f. *Eine Welt zwar … Rom:* Die beiden Schlussverse beziehen sich auf das römische Reichsbewusstsein, das als Wortspiel z. B. im apostolischen Segen des Papstes erhalten geblieben ist: die Stadt Rom (*urbs*) als Mittelpunkt der Welt (*orbis*).

26. Fünfte Elegie

E: Weimar, zwischen Herbst 1788 und Frühjahr 1790. | ED (= DV: Witte, unter Berücksichtigung des Druckfehlerverzeichnisses in *Die Horen* 1,12, 1795): Schillers *Horen* 1,6 (1795).

Das in der *Ersten Elegie* (Nr. 25) antizipierte Liebesereignis mündet hier in Genuss und Erfüllung.

1 *begeistert:* buchstäblich vom Schutzgeist des Ortes inspiriert.

3 *Ich befolge den Rat:* Angespielt ist auf den (im Folgenden pointiert erotisch umgedeuteten) Rat des Horaz in *De arte poetica* 268 f.: »Die griechischen Muster / nehmet zur Hand, und studiert sie mit Eifer bei Nacht und bei Tage!« (Übersetzung Wolfgang Ritschel, zitiert nach: Witte, S. 632).

9 *Dann versteh ich ... Marmor:* Angespielt ist auf den Mythos des Pygmalion, der sich aus weißem Marmor eine von Venus beseelte Frau erschafft.

20 *Triumvirn:* die drei Personen eines Triumvirats, abgeleitet aus dem lateinischen *tres viri* (›drei Männer‹). Bündnis hoher römischer Beamter zur Regierung des römischen Gemeinwesens. Hier allerdings gemeint die drei Liebeselegiker Catull, Tibull, Properz.

27. Siebente Elegie

E: Weimar, 5. Februar 1790. | ED (= DV: Witte, unter Berücksichtigung des Druckfehlerverzeichnisses in *Die Horen* 1,12, 1795): Schillers *Horen* 1,6 (1795).

Die *Siebente Elegie* klammert das Leitmotiv der Liebe aus. Topographisch exakt verortet erscheint hingegen das antike Rom und mit diesem die antike Götterwelt.

2 *hinten im Norden:* die jenseits der Alpen liegende deutsche Heimat.

8 *Phöbus:* Gemeint ist Phöbus Apoll, der Sonnengott. Apollo in der griechischen Mythologie als Gott des Lichts, der Klarheit, der Weisheit, der Heilung, des Frühlings und der Künste (vgl. *Wanderers Sturmlied*, Nr. 6).

12 *ambrosisches Haus:* Ambrosia ist die Unsterblichkeit verleihende Speise der griechischen Götter, das ambrosische Haus der Olymp.

14 *Xenius:* Beiname des Jupiter in seiner Eigenschaft als Hüter des Hausrechts bzw. als Beschützer der Fremden und Schutzsuchenden.

16 *Hebe:* Tochter des Zeus und der Hera, die Göttin der Jugend, die nach der *Ilias* (4,2 f.) die Götter bedient.

17 *Heroen:* Selbstapostrophierung Goethes, der sich, ähnlich wie in der Schlussstrophe von *An Schwager Kronos* (vgl. Nr. 9) den Göttern ebenbürtig wähnt.

19 *Fortuna:* Die römische Schicksals- und Glücksgöttin Fortuna gilt in der Antike als Tochter des Okeanos (so etwa in Hesiods *Theogonie* 360 ff.). Goethes Zuschreibung als Tochter Jupiters ist willkürlich.

19 f. *herrlichsten Gaben ... aus:* Angespielt ist auf das Füllhorn als emblematisches Requisit der Göttin Fortuna.

23 *Dichter:* In der wörtlichen Rede spricht Jupiter das Lyrische Ich (den Dichter) an.

24 *Kapitolinische Berg:* Gemeint das als Platzanlage von Michelangelo entworfene Kapitol mit seinen Renaissance-Palästen, das Goethe am 17. August 1787 zeichnet.

25 *Hermes:* der Götterbote hier als Führer der abgeschiedenen Seelen in die Unterwelt.

26 *Cestius' Denkmal:* Pyramide des Cestius an der Porta S. Paolo, in deren Nähe der Friedhof für die Nicht-Katholiken lag. Goethe hat die Pyramide mehrfach gezeichnet.

26 *leise zum Orkus hinab:* möglicherweise als korrigierende Anspielung auf den Schluss des *Schwager Kronos* (Nr. 9) zu lesen.

28. Zueignung

E: Weimar, wohl 24. Juni 1797. | ED: W^1 8 (1808). | DV: *Faust I*, S. 3 (AlH 12).

Im Juni 1797 nimmt Goethe auf Betreiben Schillers die Arbeit an *Faust* wieder auf. Hiervon spricht die *Zueignung*, die als gleichermaßen lebensgeschichtliche wie poetologische Reflexion gelesen werden muss.

[Titel] *Zueignung:* hier im Sinne von: Widmung. Wem die Widmung gilt, bleibt mehrdeutig.

1 *schwankende Gestalten:* die Figuren des Dramas; schwankend sind diese, weil sie zum Zeitpunkt der Niederschrift des Gedichts noch immer nicht fest umrissen, abgeschlossen und daher im Akt des Werdens begriffen sind.

2 *trüben Blick:* der trübe Blick der Jugend, der dem gereiften Blick des beinahe 50-jährigen Dichters gewichen ist.

4 *Wahn:* Illusion, aber auch: dichterische Einbildungskraft.

6 *Dunst und Nebel:* Aus Dunst und Nebel steigen in der homerischen Unterwelt die Schatten, also die Toten (*Odyssee* 11,15), hier wohl auch die Schattenwelt der nordischen Mythologie gemeint.

7 *Busen:* Brust.

17 f. *Sie hören nicht … sang:* Goethe hat den *Faust* vielfach in unterschiedlichen Freundeskreisen vorgelesen.

28 *lispelnd:* flüsternd.
Äolsharfe: Windharfe, Saiteninstrument, das vom Wind angerührt leise, unbestimmte Töne erzeugt. Von Äolus, dem Beherrscher der Winde in der griech. Mythologie.

29. Der Schäfer putzte sich zum Tanz

E: Weimar, zwischen 1798 und 1801, Trunz vermutet um 1800. | ED: W^1 8 (1808). | DV: *Faust I*, S. 29 (AlH 12).

Das Lied der Bauern unter der Linde aus *Faust I* steht in der Szene *Vor dem Tor*. Es präfiguriert Teile der späteren Margarete-Handlung. Goethe zitiert das Schäferlied in *Wilhelm Meisters Lehrjahre* (2,11) und verweist dort auf dessen Anstößigkeit: »›Kannst du die Melodie, Alter,‹ rief Philine, ›Der Schäfer putzte sich zum Tanz‹? […] Der Alte begann die Melodie, und sie sang ein Lied, das wir unsern Lesern nicht mitteilen können, weil sie es vielleicht abgeschmackt oder wohl gar unanständig finden könnten.«

12 *Dirne:* nicht abwertend zu lesen: Mädchen, junge Frau.

30. Es war ein König in Thule

E: Sommer 1774 (Beutler). | ED: Liedersammlung Seckendorffs 1782 (textlich abweichend), mit der Angabe »aus Göthes Dr. Faust«, im Fragment-Druck, S 7 (1790). | DV: *Faust I*, S. 79 f. (AlH 12).

Bereits zum Konvolut des *Ur-Faust* gehörend. *Der König in Thule* ist das erste der insgesamt vier Lieder Margaretes, in welchem diese ihren Anspruch an die Liebe formuliert.

1 *Thule:* nach Zedler (43,1910) »Insel in dem Mitternächtlichen Meere, welche bey den Alten das letzte bekannte Land gegen Norden war«.

3 *Buhle:* im Volkslied häufig für die (hier: uneheliche) Geliebte.

7 *Die Augen gingen ihm über:* füllen sich mit Tränen, nach Johannes 11,35.

17 *Zecher:* nicht negativ behaftet: Trinker.

21 *trinken:* hier: sich mit Wasser füllen.

31. Meine Ruh ist hin

E: Frankfurt a. M., zwischen 1772 und 1774. | ED: S 7 (1790). | DV: *Faust I*, S. 98 f. (AlH 12).

Bereits zum Konvolut des *Ur-Faust* gehörend. *Meine Ruh ist hin* ist das zweite der insgesamt vier Lieder Margaretes; parallel zu Fausts Selbstreflexion in der vorangehenden Szene *Wald und Höhle* resümiert Margarete hier in großer innerer Unruhe den Stand ihrer Beziehung zu Faust.

8 *vergällt:* mit Galle bitter gemacht.

10 *verrückt:* Partizip Perfekt Passiv des Verbs. Nach Adelung (4,1498) jemandem »den Kopf verrücken, ihn um den gehörigen Gebrauch des Verstandes bringen.«

33 f. *Mein Busen drängt … hin:* die Urfassung eindeutiger »Mein Schoos! Gott! Drängt / Sich nach ihm hin.«

35 *Ach dürft ich:* Wortbedeutung changierend zwischen: ›wäre es mir nur erlaubt‹ und ›hätte ich nur die Gelegenheit‹.

32. Meeresstille

E: wohl Sommer 1795. | ED (= DV: Witte): Schillers *Musen-Almanach für das Jahr 1798*, Tübingen: Cotta, 1797.

[Titel] *Meeresstille:* hier als Metapher für eine ins Stocken geratene Lebensreise. Goethe gebraucht den Ausdruck auch im Brief vom 27./29. Mai 1787 an Herzog Carl August: »Die Sirenenfelsen hinter Capri aber haben uns den unvergeßlichsten Eindruck gelaßen, an denen wir beynahe, auf die seltsamste Art, bey völlig heitrem Himmel, und vollkommener Meeres Stille, eben durch diese Meeresstille zu Grunde gegangen wären«

33. Glückliche Fahrt

E: wohl Sommer 1795. | ED (= DV: Witte): Schillers *Musen-Almanach für das Jahr 1798*, Tübingen: Cotta, 1797.

In allen von Goethe autorisierten Drucken mit *Meeresstille* auf einer Seite zusammengestellt.

[Titel] *Glückliche Fahrt:* hier als Metapher für eine Lebensreise.
3 *Äolus:* der Beherrscher der Winde in der griech. Mythologie.
4 *ängstliche:* hier im Sinne von: beängstigende.

34. Natur und Kunst sie scheinen sich zu fliehen

E: Weimar, zwischen 1800 und 1802. | ED (= DV): Goethes Einakter *Was wir bringen. Vorspiel, bey Eröffnung des neuen Schauspielhauses zu Lauchstädt*, Tübingen: Cotta, 1802, S. 70 f.

Im Drama wird das Sonett von einer Nymphe gesungen, die vorgibt, nun erst den »alten Spruch« eines Dichters zu verstehen.

[Titel] *Natur und Kunst:* Das Sonett kann gelesen werden als Diskurs über die *sobria ebrietas*, in Hölderlins Diktion das ›Heilignüchterne‹, in Schillers Diktion die ›nüchterne Trunkenheit‹, also den

Ausgleich zwischen Rauschhaftem und Klarheit als Präposition vollkommenen Dichtens.

3 *Widerwille:* Hinweis Goethes auf sein Jugendwerk, das Regeln der Poetik bewusst suspendierte.

10 *ungebundne Geister:* jene Dichter, die sich nicht an Regeln gebunden fühlen.

13 *Beschränkung:* In seinem *Sonett* äußert sich Goethe noch kritisch über die strenge Form, die ihn beim Reimen »zu leimen« zwänge. Anders als dort wird hier die »Beschränkung« durch die Form als Chance für Meisterschaft gedeutet.

35. Das Mädchen spricht

E: Jena, 6. Dezember 1807. | ED (= DV: Witte): W² 2 (1815).

Die frühere Forschung hat die Sonette-Sammlung von 1807 Goethes Bewunderung für Minna Herzlieb und dem Sonetten-Streit mit Zacharias Werner um die Gunst derselben zugeschrieben. Mittlerweile sind auch Bettina Brentano und Silvie von Ziegesar als Liebende der Sonette namhaft gemacht worden. Nr. IV der Sammlung.

1 f. *Deinem Bilde / Von Marmor:* wohl angeregt durch eine Briefpassage Bettine Brentanos (Ende November bzw. Anfang Dezember 1807): »Und wenn du stehst als ein Gott auf dem Altar und wenn sie alle rufen: Du bist herrlich! herrlich! wir opfern Dir; und wenn Dein Sinn wäre von Stein wie Dein Bildniß, so müßt ich doch rufen: umarme mich, weißer Cararischer Stein« (zitiert nach: Witte, S. 765 f.).

8 *Kunstgebilde:* das in V. 1 f. benannte Bildnis von Marmor.

13 *diesen Stein so lange küssen:* inspiriert durch eine Episode, die sich am 4. November 1807 in der Herzoglichen Bibliothek Weimars zugetragen haben soll (vgl. Goethes *Tagebuch*, 4. November 1807). »Bettina [Brentano] hatte damals die klassizistische Büste des jugendlichen Goethe geküßt, die Alexander Trippel 1787 in Rom geschaffen hat und die Anna Amalia 1790 für die Weimarer Bibliothek in Marmor ausführen ließ« (zitiert nach: Witte, S. 766).

36. Die Liebende abermals

E: Weimar, zwischen Dezember 1807 und Juni 1808. | ED (= DV: Witte): W^2 2 (1815).

Zum Kontext vgl. Nr. 35. Nr. IX der Sammlung.

1 *zum Papier mich wende:* Wie V. 3 »hab' ich dir nichts zu sagen«; beide Formulierungen wohl inspiriert durch einen Brief Bettine Brentanos (Ende November bzw. Anfang Dezember 1807: »Warum muß ich denn wieder schreiben? Einzig um wieder mit dir allein zu seyn, so wie ich gern kam in Weimar, um mit dir allein zu seyn; zu sagen hab ich nichts, damals hatte ich auch nichts zu sagen, aber ich hatte dich anzusehen und innig froh zu seyn« (zitiert nach: Witte, S. 770.)

9 *mag:* im von Goethe häufig so verwendeten älteren Sinne: kann.

37. Gefunden

E: zwischen Weimar und Ilmenau, August 1813. | ED (= DV: Witte): W^2 1 (1815).

Goethe sendet das Gedicht am 26. August 1813 von der Poststation zwischen Weimar und Ilmenau an seine Ehefrau Christiane (ohne Überschrift, adressiert an »Frau v. Goethe«). Anlass ist der 25. Jahrestag ihrer Beziehung.

2 *für:* vor.

9 *brechen:* metaphorisch für den Verlust der Jungfräulichkeit. Das Gedicht wird häufig als Gegenentwurf zum *Heidenröslein* (Nr. 4) gelesen.

16 *hübschen Haus:* Goethes Gartenhaus im Weimarer Park an der Ilm.

38. Im Atemholen sind zweierlei Gnaden

E: Frankfurt a. M., vor dem 30. Mai 1815. | ED (= DV: Witte): *West-östlicher Divan*, Stuttgart 1819.

Das Gedicht bildet die fünfte Strophe der *Talismane* im ersten Buch des *West-östlichen Divan.* Es entsteht unter dem Eindruck des persischen Dichters und Mystikers Saadi (um 1210 – um 1292) und dessen Werk *Gulistan*, von Adam Olearius übersetzt als *Persianisches Rosenthal.* In der Vorrede Saadis heißt es (in der Übersetzung Olearius'): »Ein jeglicher Athem, den man in sich zeucht, hilfft zur verlängerung des Lebens, und der wieder aus uns gehet, erfrewet den Geist. Darumb seynd im Athem holen des Menschen zweyerlei Gnaden« (zitiert nach: Witte, S. 830). Goethe hat das Ein- und Ausatmen als die grundlegende Lebensbewegung der Welt und des Kosmos bereits an früherer Stelle formuliert, z. B. im didaktischen Teil seiner Farbenlehre: »So setzt das Einathmen schon das Ausathmen voraus und umgekehrt; so jedes Systole ihre Diastole. Es ist die ewige Formel des Lebens, die sich auch hier äußert« (zitiert nach: Witte, S. 830.)

39. Hatem

E: Frankfurt a. M., 12. September 1815. | ED (= DV: Witte): *West-östlicher Divan*, Stuttgart 1819.

Das Gedicht steht im Buch *Suleika Nameh*, dem achten Buch der Sammlung.

[Titel] *Hatem:* Mit diesem Namen chiffriert sich Goethe in seinem Verhältnis zu Marianne von Willemer, der Suleika des *West-östlichen Divan.*

1 *Nicht Gelegenheit macht Diebe:* das Sprichwort in seiner Bedeutung umkehrend.

8 *gewärtig bin:* hier im Sinne von: erwarte.

10 *Karfunkel:* im Dunkeln leuchtender Edelstein.

40. Suleika

E: Frankfurt a. M., Gerbermühle, 15. September 1815. | ED (= DV: Witte): *West-östlicher Divan*, Stuttgart 1819.

Das Gedicht steht im Buch *Suleika Nameh*, dem achten Buch der Sammlung, und ist das erste von mehreren aus der Feder Marianne von Willemer stammenden Gedichten, die Goethe in die Sammlung aufgenommen hat; vgl. den Brief Willemers an Herman Grimm vom 5. April 1856: »Im Divan hast du nichts auszuscheiden; ausser dem Ost- und Westwinde habe ich nichts auf meinem Gewissen, als allenfalls noch Hochbeglückt in deiner Liebe und Sag, du hast wohl viel gedichtet«.

2 f. *Schelt ich … Diebe:* Angespielt ist auf V. 1 des Gedichtes *Hatem* (vgl. Nr. 39) und die dort vorgenommene Umkehrung des Sprichwortes.

41. Lesebuch

E: Weimar, 12 Januar 1816. | ED (= DV: Witte): West-östlicher Divan, Stuttgart 1819.

Das Gedicht steht im Buch *Usch Nameh*, dem dritten Buch der Sammlung.

1 *Buch der Bücher:* übliche Bezeichnung für die Bibel; hier Säkularisierung Goethes.

5 *Hefte:* hier die Bögen, aus denen ein Buch gebunden wird.

11 *Nisami:* der persische Dichter Hasan Nizami (um 1141–1209), der Goethe als Quelle dient.

42. An Werther

E: Weimar, zwischen dem 24. und dem 26. März 1824. | ED: *Die Leiden des jungen Werther. Neue Ausgabe, von dem Dichter selbst eingeleitet*, Leipzig 1825. | DV: Witte (AlH 3, 1827).

Im Leipziger Verlag Weygand war 1774 die erste Ausgabe des *Werther* erschienen. Zum 50-jährigen Jubiläum tritt der Verlag an Goethe mit der Bitte heran, einleitende Worte zu einer Jubiläumsausgabe beizusteuern. Dieser Bitte kommt Goethe mit dem Gedicht *An Werther* nach. Erstes Gedicht der *Trilogie der Leidenschaft*.

1 *vielbeweinter Schatten:* Goethe spricht den Protagonisten seines Romans als Schatten an. Aus der homerischen Unterwelt steigen

die Schatten, also die Toten (*Odyssee* 11,15); ›vielbeweint‹: Anspielung auf die Rezeptionsgeschichte des *Werther*.

8 *Scheidesonne:* Neologismus Goethes, gemeint die scheidende, untergehende Sonne.

14 *hocherlauchten:* Bezeichnung für eine Fürstin; die Sonne hier als Herrscherin über die Welt.

23 *Flor:* hier wohl auf Flora angespielt: Blüte der Jugend.

39 *gefühlvoll wie sich ziemt:* ironischer Reflex auf die Kultur der Empfindsamkeit, zu deren wichtigstem literarischen Repräsentanten die Romanfigur Werther wurde.

40 *grässlich Scheiden:* Werther begeht am Ende des Romans Suizid.

41 *Wir feierten:* ironischer Reflex auf den Erfolg des Romans.

50 *Geb ihm ein Gott … duldet:* Anspielung auf ein Zitat aus der Schlussrede des Tasso (*Torquato Tasso*, V. 3432 f.): »Und wenn der Mensch in seiner Qual verstummt, / Gab mir ein Gott, zu sagen, was ich leide«.

43. Elegie

E: Rückfahrt von Karlsbad nach Jena, 5.–12. September 1823. | ED (= DV: Witte): AlH 3 (1827).

Zweites Gedicht der *Trilogie der Leidenschaft*. Während seines Kuraufenthalts in Marienbad (2. Juli bis 20. August 1823) lässt der 74-jährige Goethe durch Herzog Carl August um die Hand der 19-jährigen Ulrike von Levetzow anhalten. Die *Marienbader Elegie* reflektiert die (unausgesprochene) Zurückweisung und somit letztlich Goethes Abschied von der Liebe. Bereits während der Rückfahrt nach Weimar beginnt Goethe mit der Niederschrift der *Elegie*.

[Titel] *Elegie:* seit der griech. Antike Trauer- oder Klagegedicht.

[Motto] *Und wenn der Mensch … was ich leide:* Wie am Ende des die *Trilogie der Leidenschaft* einleitenden Gedichts *An Werther* werden die Verse aus *Torquato Tasso* leicht abgewandelt zitiert (vgl. die Worterläuterung zu Nr. 42).

3 *Das Paradies, die Hölle:* Witte liest den Vers als die beiden mögli-

chen Extremsituationen des Liebenden, und gleichzeitig als intertextuelle Anspielung auf Dantes zwischen 1307 und 1321 entstandene *Divina Commedia.*

22 *trieb ein Cherub flammend:* vgl. die Vertreibung aus dem Paradies 1. Mose 3,24. Der Cherub versperrt den Rückweg, die Erinnerung an die Geliebte erscheint demnach als eine gleichermaßen paradiesische wie unwiederbringlich verlorene.

35 f. *das überweltlich ... gestaltenlose:* der Himmel mit seinen wechselnden Wolkenbildern.

38 *Seraph:* (hebr.) Plural Seraphim: Engel, in der bildenden Kunst gerne als sechsflügelige, menschenähnliche Wesen dargestellt.

40 *Duft:* Dunst.

54 *Flammenschrift:* Witte liest die Formulierung als »Menetekel [...], in dem das Schmerzhafte des Schreibvorgangs ebenso zum Ausdruck kommt wie dessen Vergeblichkeit« (Witte, S. 1067).

65 *begeistet:* geistvoll gemacht hat.

72 *in milder Sonnenhelle:* intertextuelle Anspielung auf Dantes *Divina Commedia*; auch dort wird die Geliebte mit dem Licht der aufgehenden Sonne verglichen.

74 *wir lesen's:* nach dem Brief des Paulus an die Philipper (4,7).

91 *Es ist als wenn sie sagte:* Im Folgenden formuliert die Geliebte Goethes Lebensmaximen.

117 f. *Schon rast's und reißt ... sich bekämpfen:* Eibl liest die Verse als Hinweis auf die schwere Krankheit Goethes im Februar 1823.

135 *Pandoren:* Pandora. Sie wurde von Zeus zur Strafe für den Feuerdiebstahl des Prometheus erschaffen und den Menschen geschickt, um das Übel in die Welt zu bringen und am Grunde ihres Füllhorns einzig die Hoffnung zu verwahren.

44. Aussöhnung

E: Marienbad, 16.–18. August 1823. | ED (= DV: Witte): AlH 3(1827).

Drittes Gedicht der *Trilogie der Leidenschaft.* Die Verse entstehen als Eintrag in das Stammbuch der St. Petersburger Hofpianistin Maria Szymanowska.

6 *hehre:* erhabene.

8 *Verflicht zu … Töne:* vgl. hierzu *An Werther* (Nr. 42), V. 45, bzw. *Elegie* (Nr. 43), V. 20.

45. Gedichte sind gemalte Fensterscheiben

E: Genaue Datierung nicht möglich. | ED (= DV: Witte): AlH 3 (1827).

10 *Zierrat:* Ausschmückung des Kircheninneren.

11 *Bedeutend:* im älteren, wörtlichen Sinne zu lesen.

12 *Kindern Gottes:* nach der Offenbarung des Johannes 3,1.

46. Dämmrung senkte sich von oben

E: Weimar, Gartenhaus an der Ilm, Mai/Juni 1827. | ED (= DV: Witte): *Berliner Musen-Almanach für das Jahr 1830*, hrsg. von Heinrich Stieglitz und Moritz Veit, Berlin 1829.

Das Gedicht erscheint als Nr. VIII der 1830 erschienenen Sammlung *Chinesisch-Deutsche Jahres- und Tageszeiten.*

7 *Schwarzvertiefte Finsternisse:* Die paradoxe Steigerung erinnert an die frühe Lyrik, vgl. z. B. *Mir schlug das Herz* (Nr. 2), V. 7 f.

10 *Ahnd ich:* Ahne ich.

14 *Lunas:* Luna: Mond.

47. Nun weiß man erst was Rosenknospe sei

E: Weimar, Gartenhaus an der Ilm, Mai/Juni 1827. |ED (= DV: Witte): *Berliner Musen-Almanach für das Jahr 1830*, hrsg. von Heinrich Stieglitz und Moritz Veit, Berlin 1829.

Das Gedicht erscheint als Nr. IX der 1830 erschienenen Sammlung *Chinesisch-Deutsche Tages- und Jahreszeiten.*

2 *da die Rosenzeit vorbei:* im Herbst.

48. Dem aufgehenden Vollmonde!

E: Dornburg, 25. August 1828. | ED: AlH 47 (1833). | DV: Witte (Faksimile der eigenhändigen Reinschrift des Gedichtes als Beilage zum Brief an Marianne von Willemer vom 23. Oktober 1828).

In Dornburg notiert Goethe am 25. August 1828 in seinem Tagebuch: »Schöner Aufgang und Fortschritt des Vollmondes« (zitiert nach: Witte, S. 1091).

3 *umfinstern:* verdunkeln.

49. Dornburg

E: Dornburg, Anfang September 1828. | ED (= DV: Witte): *Deutscher Musenalmanach für das Jahr 1833*, hrsg. von Adelbert von Chamisso und Gustav Schwab.

Goethes Tagebuch vermerkt am 8. August 1828: »Früh in der Morgendämmerung das Thal und dessen aufsteigende Nebel gesehen. Bey Sonnenaufgang aufgestanden. Ganz reiner Himmel, schon zeitig steigende Wärme. [...] Abends vollkommen klar. Heftiger Ostwind« (zitiert nach: Witte, S. 1092). Die exakte meteorologische Beobachtung findet ihren Eingang in das Gedicht, das die Voraussetzungen benennt, unter denen ein schöner Sonnenuntergang zu erwarten ist.

10 *der Großen, Holden:* der im nachfolgenden Vers genannten Sonne.

50. Vermächtnis

E: Weimar, Anfang Februar 1829. | ED (= DV: Witte): AlH 22 (1829).

Das Gedicht ist am 12. Februar 1829 fertiggestellt worden. Goethe liest es am gleichen Abend Eckermann vor. Dieser berichtet: »Goethe lieset mir das frisch entstandene, überaus herrliche Gedicht: Kein Wesen kann zu nichts zerfallen« (zitiert nach: Witte, S. 1093). Das Gedicht kann als Vermächtnis der Altersexistenz des Sammlers und Naturforschers Goethe gelesen werden.

1 *zu nichts zerfallen:* Gegenposition zu dem Gedicht *Eins und Alles*, wo es V. 23 heißt: »Denn alles muss in Nichts zerfallen.«

2 *Das Ew'ge … allen:* wortgleich im Gedicht *Eins und Alles*, V. 22.

4 *Gesetze:* »Gemeint sind die Gesetze, nach denen sich Form und Gestalt alles Lebendigen bildet und die an diesen wiederum ablesbar sind« (Witte, S. 1094).

8 *edle Geisterschaft:* in Goethes Vorstellung der Verbund von Wissenden über Generationen hinweg.

10 *dem Weisen:* Gemeint ist Kopernikus, der in seinem Hauptwerk *De revolutionibus orbis coelestium* 1543 das heliozentrische Weltbild beschreibt.

12 *dem Geschwister:* Kollektivbegriff, gemeint: die Planeten.

13–30 *Sofort … Ewigkeit:* Die zentralen Begriffe der drei Mittelstrophen sind »Gewissen« (V. 17), »Verstand« (V. 21) und »Vernunft« (V. 26), »zugleich Zentralbegriffe der Philosophie Kants, freilich in Goethescher Anverwandlung.

36 *zur kleinsten Schar:* Im zitierten Gespräch mit Eckermann kommt Goethe auf die Bedeutung dieser ›kleinsten Schar‹ zu sprechen: »Alles Große und Gescheite […] existiert in der Minorität. […] Es ist nie daran zu denken, daß die Vernunft populär werde. Leidenschaften und Gefühle mögen populär werden, aber die Vernunft wird immer nur im Besitz einzelner Vorzüglicher sein« (zitiert nach Witte, S. 1096.)

38 *Liebewerk:* Werk der Liebe.

Nachwort

1

Bereits vor vierzig Jahren mutmaßte der Lyriker Peter Rühmkorf, dass »unsere Klassiker«[1], müssten sie auf dem freien Literaturmarkt ein angemessenes Auskommen finden, keinen Funken Feuilletonresonanz, mithin keine Mehrheitsmeinung in einschlägigen Verkaufslisten und also auch keine existenzsichernden Absätze generieren würden. »Da haben wir sie wirklich einmal konkret, die allgemein geschätzte Konsumentenfreiheit, respektive demokratische Abstimmung an der Ladenkasse, in deren Verfolge eine doch wohl ziemlich singuläre Größe wie Goethe einfach durch das Sieb fallen«[2] würde. Rühmkorfs Essay *Von Zeit zu Zeit seh ich den Alten gern* berichtet weiter von einem Patenkind des Dichters, in dessen zehnter Gymnasialklasse der *Götz von Berlichingen* hätte gelesen werden sollen, was die Mehrzahl der Schülerinnen und Schüler schlicht per Abstimmung verweigerte. Stattdessen wurden denn Goethes klassische Balladen (im kultusministeriellen Bildungsplan-Jargon: handlungsorientiert) modernisiert, also: in die Sprache der Jugendlichen überführt, neben einschlägiges Textmaterial der »Neuen Deutschen Welle« gestellt und damit, des besseren Verständnisses wegen, deren Lebenswelt angenähert. Rühmkorf kommentiert (wohl angesteckt von der Kraftsprache des Goetheschen Protagonis-

1 Peter Rühmkorf, »Von Zeit zu Zeit seh ich den Alten gern«, in: *Mein Goethe*, Frankfurt a. M.: Suhrkamp, 1982, S. 54.
2 Ebd., S. 56.

ten): »Das war so einer der Momente – ich muß es gestehen –, daß mir mal wieder ein Licht aufging, mit welcher Konkurrenz eine reichgegliederte, erstklassig instrumentierte Kunsterscheinung [gemeint ist die Ballade vom *Erlkönig*] auf dem freien Bildungsmarkt zu rechnen hat und welcher sechstklassige Scheißdreck im Kampf um den Warenkorb am Ende triumphiert.«[3]

2

Der Befund ist aktuell. Damals wie heute. Beklagte Rühmkorf zu Beginn der 80er Jahre noch das Dauerflimmern des entstehenden Privatfernsehens und die zunehmende hedonistische Verseichtung, die ihm das Abreißen eines verbindlichen Bildungskontinuums markierte, scheint die Aufmerksamkeit heutiger Jugendlicher absorbiert durch jene Handy-Displays, die globale, fortwährende Vernetzung versprechen und gleichzeitig – will man den Klagen der Pädagoginnen und Pädagogen folgen – mittels der propagierten Scheinideologie von Kommunikation das Ende der Kommunikation befördern. Und doch: selbst wenn der überlebensgroße Dichterfürst in den Augen heutiger Leser (war es je anders?) zu einem bestenfalls beiläufigen Gelegenheits-Goethe geschrumpft sein mag, kommt, wer immer sich mit der modernen deutschen Literatur (insbesondere: der modernen deutschen Lyrik) beschäftigen will, nicht an ihm vorbei: »Das ist der junge Goethe für die deutsche Literatur: Repräsentant einer Epochenschwelle und

3 Ebd., S. 57.

Symbolfigur der anbrechenden Moderne«[4] (Valk). »Der Frankfurter Patriziersohn und Weimarer Höfling [...] hat wie kein Zweiter die deutsche Lyrik [...] bestimmt«[5] (Bode). Goethe hat »das neuere deutschsprachige Gedicht erst eigentlich geschaffen und zugleich in einer Weise zu seiner Vollendung geführt, daß die gesamte deutschsprachige Lyrik bis ins 20. Jahrhundert hinein von ihm abhängig ist und sich mindestens in der einen oder anderen Weise mit ihm auseinandersetzen mußte«[6] (Witte). Mit Goethes Werk steht der Leser »vor dezidiert moderner Lyrik [...]. Goethes Gedichte prägen nämlich genau das, was wir heute üblicherweise unter lyrisch verstehen«[7] (Böhm). »Keinen gibt es, der so viele Gedichte geschrieben [hat], die bis heute lebendig, mehr noch: die herrlich sind wie am ersten Tag«[8] (Reich-Ranicki). Die Liste ließe sich beliebig fortführen.

3

Mehr als 3500 Gedichte hat Goethe im Laufe seines Lebens geschrieben. Von seiner Jugend bis ins hohe Alter ist er Ly-

4 Thorsten Valk, *Der junge Goethe. Epoche – Werk – Wirkung*, München: Beck, 2012, S. 9.

5 Johann Wolfgang Goethe, *Die schönsten Gedichte*, ausgew. von Dietrich Bode, Stuttgart: Reclam, 2021, S. 97.

6 J. W. Goethe, *Gedichte. Studienausgabe*, hrsg. von Bernd Witte, Stuttgart: Reclam, 2008, S. 1105.

7 J. W. Goethe, *Erläuterungen und Dokumente. 10 Gedichte*, von Elisabeth Böhm, Stuttgart: Reclam, 2007, S. 6.

8 J. W. Goethe, *Die schönsten Gedichte*, hrsg. von Marcel Reich-Ranicki, Frankfurt a. M.: Insel, 2019, S. 13.

riker gewesen, und es ist zu Recht darauf verwiesen worden, dass seine Lyrik nicht nur eine außergewöhnliche Entwicklung durchlaufen habe, sondern zugleich ein erstaunliches »organisches Gefüge von Themen und Formen«[9] biete. Weit ist der Weg von den ersten lyrischen Versuchen des Leipziger Studenten, mittels derer Goethe sich auf die Höhe der Zeit schreibt: In den *Liedern an Annette* und den frühen anakreontischen Versen ist manches (noch) dem Rokoko verhaftet. Mit den Gedichten des Sturm und Drang, den *Sesenheimer Liedern* und den großen Hymnen, findet er zu seiner Stimme, findet zu ihm eigenen künstlerischen Ausdrucksformen, verschiebt ästhetische Parameter, erschafft Neues, sprengt tradierte Formen. In antithetischer innerer Folgerichtigkeit schließen sich die voritalienischen Klänge und die strengen Gedichte der Weimarer Klassik an. Als 70-jähriger diskutiert er zum ersten Mal den Begriff der »Weltliteratur«, erschafft die *Divan*-Gedichte; in seinem Spätwerk schließlich überwiegt der reduziert anschauliche, rätselhaft verknappende Stil der Alterslyrik.

Goethes lyrisches Werk überragt das Werk anderer Autoren jedoch nicht nur, weil es (beinahe) alle literarischen Epochen des späten 18. und des frühen 19. Jahrhunderts durchläuft, wenn nicht gar: entscheidend prägt, es »überragt die anderen auch durch seine formale und inhaltliche Vielfalt. Neben Großgedichten mit mehreren hundert Versen finden sich zwei- und vierzeilige Epigramme, neben gereimten Strophen mit regelmäßigen Rhythmen die Nachbildung antiker Versmaße und die Hymnen des Sturm

9 J. W. Goethe, *Gedichte*, hrsg. und komm. von Erich Trunz, München: Beck, 1999, S. 413.

und Drang, [...] neben naturwissenschaftlichen Lehrgedichten finden sich sangbare Volksliedstrophen, neben intimer Liebeslyrik priapische Elegien mit grob sexuellen Anspielungen, neben erzählenden Balladen Weltanschauungsgedichte von hoher gedanklicher Abstraktion.«[10]

4

»Bei Goethe ist nahezu alle Dichtung auch verwandelte Lebensgeschichte«[11] konstatiert Helmut Koopmann in seiner Darstellung der Liebe zwischen *Goethe und Friederike Brion*. In besonderem Maße gilt dies für seine Lyrik: »Goethes lyrisches Gesamtwerk ist das Dokument eines großen inneren Weges. Auch die Dramen [...] und die Romane [...] offenbaren diesen Weg. Die Lyrik aber tut es reicher, lückenloser und unmittelbarer.«[12] Insofern markiert die Lyrik Goethes für alle Leser aller Zeiten den wohl intimsten Bereich seines Werkes. Anhand der Lyrik lässt sich das Leben Goethes, lassen sich auch: dessen Krisen nachzeichnen und nachvollziehen. Auffallend häufig sind die Gedichte Zeugnis und Spiegel innerer Vorgänge, und so dürfen Leserinnen und Leser hier tun, was sonst für gewöhnlich nur mit Vorsicht getan werden darf: nämlich Autor und Lyrisches Ich in eins führen. Dass diese Lebensäußerungen am Schreibtisch entstanden und also eben gerade nicht vorbehaltlos jener in der Forschung gerne zitierten ›Erlebnislyrik‹

10 Goethe (s. Anm. 6), S. 1105.

11 Helmut Koopmann, *Willkomm und Abschied. Goethe und Friederike Brion*, München: Beck, 2014, S. 279.

12 Goethe (s. Anm. 9), S. 415.

zuzuordnen sind, dass im Prozess der Entstehung Umdeutungen und Stilisierungen geschehen und scheinbar eruptiv Dahingeworfenes einem genauen ästhetischen Kalkül folgt, ändert daran wenig.

5

Das Werk Goethes wird sich auch in Zukunft neben jenem »sechstklassigen Scheißdreck« finden, den Rühmkorf so wortmächtig beklagt. Vielleicht ist die befremdende Gleichzeitigkeit von ebenso unumstrittenem wie unbestreitbarem Rang auf der einen Seite und dem Desinteresse heutiger Leserinnen und Leser auf der anderen Seite schlicht: zur Kenntnis zu nehmen. Goethe scheint (zugleich!) Säulenheiliger der deutschen Literatur und Ladenhüter deutscher Buchhandlungen. Scheint (zugleich!) zeitlos modern und marmorverstaubt antiquiert. Scheint (zugleich und gleichermaßen!) vielgepriesen und ungelesen. Sein Werk aber ist eine stete und fortdauernde Einladung – und wird es bleiben: »Kommt aber nur einmal herein«[13], heißt es in *Gedichte sind gemalte Fensterscheiben*. Betreten, betrachten und begreifen sollen die Leserinnen und Leser das Innere einer »heiligen Kapelle«, nämlich: das Innere seiner Lyrik, das den Kern seiner Existenz bildet.

Holger Bäuerle, 28. August 2022

13 Vgl. Nr. 45.

Verzeichnis der Gedichtüberschriften und Gedichtanfänge